# 장진영

2019년《자음과모음》신인문학상을 수상하며
작품 활동을 시작했다. 소설집『마음만 먹으면』,
장편소설『취미는 사생활』이 있다.

KB109088

치치새가 사는 숲

오늘의 젊은 작가 43

# 치치새가
# 사는 숲

장진영
장편소설

민음사

차례

치치새가 사는 숲　7

# 1

내 이름은 치치림. 치치새가 사는 숲이라는 뜻이다. 치치새
는 아주 진귀한 새로, 세상에 존재하는지 아직 밝혀진 바가
없다. 그 새는 마음씨가 고운 사람에게만 보인다. 행운을 가져
다준다. 이전까지만 해도 나는 홍익인간이라고 불렸다. 홍씨
라서는 아니고, 널리 세상을 이롭게 해서도 아니고, 안면홍조
가 있었기 때문이다. 빨갛게 익은 인간, 홍익인간. 나는 내가
초등학교 때 왕따를 당한 이유가 얼굴이 빨개서라고 착각하
길 좋아했다. 열네 살 봄, 아직 나는 치치림이 아니었다. 한 달
뒤에 치치림이 된다.

그해 나는 불쾌하기 짝이 없는 중학교로 배정되었다. 흔히

'빵빵이'라고 불리는 무시험 추첨제에 의해서였다. 고급스럽게 표현하자면 '평준화'에 의해서였다. 평준화이긴 했지만 배치 고사는 봤다. 반마다 수준이 들쑥날쑥하지 않도록 평준화해야 했기 때문이다. 평균에 미친 시절이었다. 나누고 줄 세우고 비교하는 걸 죄악시하는 분위기였던 것으로 기억한다. 죄악시한다는 건, 역으로, 열망한다는 뜻이기도 했다. 배치 고사의 첫인상이 중요하다는 6학년 담임선생님의 당부 혹은 고압에 의해 다들 열심히 공부했다. 헛된 짓이었다. 어차피 빵빵이였다.

그 중학교는 회수권을 내고 시내버스를 탄 다음 일고여덟 정류장을 가야 했다. 내가 그 중학교를 3지망에 썼던 건 단지 멀었기 때문만은 아니었다. 교복 색깔이 처참했다. 어떤 저주와도 같았다. 온조중학교가 초등학생들 사이에서 인기가 없었던 건 교복 때문이었다. 그 이유가 대부분이었다. 전부였다. 동복은 팥죽색, 하복은 완두색이었다. 딱 정확히 무슨 색이라고 하기 어려운, 보고 있으면 우울해지고 재채기가 나올 것 같아서 결국에는 유쾌해지고 마는 그런 색깔이었다. 온조중학교 교복은 불행 그 자체였을 뿐만 아니라 더할 나위 없는 남의 불행이었다. 내가 배정되기 전까지는. 교도소에 수감된 범죄자 같다고 깔깔댔던 게 불과 몇 달 전이었다. 내가 다닐 학교가 아니었기 때문이다. 내가 온조중학교에 다니리라고는 상상도 못 했다. 나는 범죄자가 아니었다. 길에 껌을 뱉지도 않았고 무단 횡단을 하지도 않았다. 그런데 왜.

　다른 친구들은 가장 원하거나 그보다는 덜 원하던 중학교에 갔다. 절대로 원하지 않은 곳에 떨어진 건 나뿐이었다. 칸을 채워야 해서 예의상 적어 낸 3지망. 내가 걔들보다 공부를 못했나. 결코 아니었다. 한순간의 영광이기는 했지만 전교 2등을 한 적도 있었다. 월드컵 때 응원을 안 해서? 붉은 악마 티셔츠를 안 사긴 했다. 안 샀는데 이겼고, 또 안 샀는데 또 이겼고, 이를 부득부득 갈면서 버텼는데 심지어 또 이겼다. 분했다. 이겼는데 이긴 것 같지 않았다. 집단적 광기 안에서 결국에는 나도 백기를 들었다. 나는 미대에서 나온 자원봉사자가 내 한쪽 뺨에 물감으로 축구공을 그리게 허락했고, 트럭 가판에서 빨간 티셔츠를 사서 입었다. 물결에 더해지는 하나의 물방울처럼 공동체에 합류했다. 안전하고 수치스러웠다. 야릇하고 난감했다. 물감이 시시각각 말라 광대뼈 부근이 오그라드는 느낌이 들었다. 정작 경기가 열린 시각에는 축구공 그림이 고대 벽화처럼 갈라져 일어나 있었다. 뒤늦게 산 새 티셔츠에 인쇄된 Be The Reds! 문구도 앞으로 몇 번의 세탁을 거친다면 그렇게 될 운명이었다. 한 번 입고 더 입을 수 없는 처지가 되긴 했지만. 그날 대한민국은 독일에 졌다.

　온조중학교 아이들은 교가를 부를 때, 각자가 졸업한 초등학교에서도 그랬듯 가사에서 '중학교'를 '교도소'로 바꿨다. 아마 지금도 이 세상 모든 학교에서 모든 학생들은 똑같이 개사하고 있을 것이다. 누가 가르쳐 주지 않아도 그렇게 되는 것이다. 나는 늘 그 현상이 신기했다. 대부분 언어권에서 '엄마'라는 단어에 미음이 들어가는 것처럼 DNA에 저장되어 있는지도 모른다. 무슨무슨 산 혹은 무슨무슨 강, 맑은 정기, 굳세고 씩씩하고 늠름하고 용맹한, 어쩌고저쩌고, 온조교도소. 그렇게 개사한 교가를 부를 때면, 죄수복 같은 교복을 입은 탓이 분명한데, 무고하게 가슴이 뜨끔해졌다. 그 유명한 문구, '학생이라는 죄로 학교라는 교도소에서 교실이라는 감옥에 갇혀 출석부라는 죄수 명단에 올라 교복이라는 죄수복을 입고 공부라는 벌을 받고 졸업이라는 석방을 기다린다.' 이런 뉘앙스는 절대 아니었다. 온조중학교는 비유로서의 교도소가 아니었다. 엄연한 실재였다. 내가 왜 온조교도소의 학생이어야 하는지 알 수 없었다. 내가 왜.

왜. 저한테 왜 이런 일이 생긴 거죠?

세상은 인과로 이루어져 있지 않아요. 의사는 그렇게 말했다. 좀 낭만적으로 들렸다. 피부과 의사가 구사하기에는 부적절한 말 같았다. 정신과 의사라면 또 모를까. 푹신한 패브릭 소파에 누운 채 캐모마일차를 홀짝이면서 들을 법한 말이었다. 소파는 액체가 흘러도 곧바로 닦아 내면 문제없도록 표면에 어떤 특수한 코팅 처리를 한 소재여야 하겠지. 환자가 누워서 차를 마셔야 하니까. 아무튼 의사의 대답은 정말 부적절했다. 피부과 의사는 그런 말을 해서는 안 된다. 피부과 의사는 자동차 엔지니어와 본질적으로 같다. 원인을 몰라선 안 되는 것이다. 자동차가 고장 나 카센터에 갔는데 엔지니어가 그런 말을 한다고 생각해 보라. 세상은 인과로 이루어져 있지 않아요. 미친놈, 이라는 말밖에 나오지 않을 것이다.

청소년기에 턱 주변으로 몇 번 여드름이 난 것 말고는 피부 질환 따위 한 번도 앓아 본 적 없었는데 어른이 된 뒤, 그것도 한참 뒤 별안간 소양증이 생겼다. 미니멀리스트가 되고자 샴푸와 바디 워시를 버리고 그 둘이 합쳐진 올인원 제품을 썼는데 그것 때문일 수도 있었다. 이것저것 종류별로 들고 다니는 걸 귀찮아하는 남자들이 헬스장 등지에서 쓰는 제품이었다. 파란색이었고 전형적인 쿨워터 향이었다. 제품 사용과 증상 발현의 시기가 겹쳤다. 가려움증은 두피에서 시작해 온몸으로 퍼졌다. 참을 수 없이 가려웠고 거울에 비치는 모습이 불결해 보였다. 아무래도 올인원이 문제였다. 합리적인 추정이라고 자부한다. 물론 그 제품 때문이 아닐 수도 있었다. 알 수 없었다. 알 수가 없었다. 사용을 중단했는데도 호전되지 않았으니까. 할 수 있는 모든 검사를 다 했고 병원도 자주, 점점 더 큰 병원으로, 점점 예약이 힘들어지는 병원으로 옮겨 다녔다. 이 병원에서 한 검사를 저 병원에서는 무의미한 짓이라고 했다. 왜 저에게 이런 일이 생긴 거죠? 마지막으로 간 병원에서, 보라매병원이었던 걸로 기억한다, 문자 의사가 대답했다. 세상은 인과로 이루어져 있지 않다고.

전화로 이런저런 안부를 묻다가 그 얘기를 전했더니 언니는 원인을 밝히는 게 그 사람 일 아니야? 하고 분개했다.

"언니," 대신 화내 준 데 감동했는지 목소리가 생각보다 다정하게 나왔다. 나는 깜짝 놀랐다. "이다음에 태어나면 뭐가 되고 싶어?"

"태어나고 싶지 않아."

그렇구나. 태어나고 싶지 않구나. 뭐라 대꾸할 말이 없었다. 실은 궁금하지도 않았다. 나는 언니가 같은 질문을 해 주기를 바랐다. 그래서 잠자코 기다렸다.

"너는?" 언니가 마지못해 물었다.

"나는 게로 태어나고 싶어."

"개?"

"게." 나는 핸드폰을 들지 않은 손의 검지와 중지로 집게를 만들어 가위처럼 싹둑거렸다. 영상통화가 아니라는 사실을 깨닫고 황급히 집게를 허벅지 사이에 끼웠다. "갑각류 말이야."

언니가 십 초 정도 한숨을 내쉬었다. 철 좀 들어라, 그런 생각을 하는 게 분명했다. "왜?"

"게는 피부가 뼈잖아. 뼈 안에 살이 들어 있잖아. 인간은 살 안에 뼈가 들어 있지만." 홍시처럼 짓무른 피부를 긁으며 내가 대답했다. 그 부적절한 의사는 이런 말도 했다. 무심결에 긁지 마세요. 너무 가려우면 긁어도 되지만, 그건 어쩔 수 없지만, 긁고 있다는 사실은 인지하세요. 인지한다고 뭐가 달라지나? 알고 긁으면 피부가 덜 다치나? 정말이지 부적절했다. 마음에 들지 않았다. 흔쾌하지 않았다. "강철 피부를 갖고 싶어."

"게가 되는 방법, 알려 줄까?" 언니가 물었다. 문득 목소리가 바로 옆인 것처럼 가깝게 들렸다. 옆에 다가와 앉은 게 아닌지 주변을 둘러봐야 할 정도로. "굳이 다음 생까지 기다릴 것도 없어."

죽으라는 건가. "뭔데?"

"많이 긁어. 벅벅 긁어. 빠짐없이 전부 긁어. 그러면 온몸에 딱지가 앉겠지." 언니가 냉랭하게 말했다. "게처럼."

"굉장하네."

언니가 큭, 하고 웃었다. 그러고는 무안하다는 듯 목청을 가다듬었다. '굉장하네.'는 대화의 맥락과 상관없이 우리를 웃게 하는 마법의 문구였다. 맥락과 상관없어야 더 웃겼다. 언젠가 인터넷 밈을 보고 같이 웃은 뒤로 언니와 나는 시도 때도 없이 굉장하네, 라고 추임새를 넣게 되었다. 화장실 좀 다녀올게. 굉장하네. 바지가 작아졌어. 굉장하네. 남자 친구한테 차였어. 굉장하네. 국물도 좀 먹어. 굉장하네. 지금 몇 시야? 굉장하네. 외할머니 돌아가셨대. 굉장하네. 그때 나한테 왜 그랬어? 굉장하네. '굉장하네.'의 효과는 굉장했다. 부적절했다.

우리 사이에 공통점이나 추억이 별로 없었기에 '굉장하네.' 같은 시답잖은 농담은 유용하고 소중했다. 언니와 나는 터울이 컸다. 어렸을 땐 이웃 아줌마들이 부모님에게 금슬이 좋으신가 봐요, 하고 음험한 투로 농담을 건넬 정도였다. 여기서 금슬이란, 성행위를 뜻했다. 아빠는 건재한 정력을 암시하는 몸동작을 해 보였고 엄마는 으스대면서도 아닌 척 아빠를 말렸다. 그걸 내가 알고 있는 건 당시 부모님이 내 이목을 조심하지 않았기 때문이다. 두 분은 나를 성에 무지한 어떤 비정형의 덩어리로 여겼다. 혹은 무관심했다. 확실히, 무관심했다. 눈썹 문신 시술을 하는 게 엄마 직업이었기 때문에 우리 가족이 사는 단독주택에는 아줌마들이 들끓었다. 집에는 항상 엄마가 있었고, 왜냐하면 집이 엄마의 업장이었으니까, 약간 부적절하게 아빠도 있었다. 아빠는 가끔 밖에 나가서 이런저런 일을 했는데 무슨 일을 하는 건지 한 번도 속 시원히 밝혀진 바가 없었다. 일이 들어오면 하고 안 들어오면 안 했다. 아빠가 먼저 일을 찾아 나서지는 않았다. 아빠와 일은 짝사랑 관계에 있었다. 일이 아빠를 짝사랑했다는 뜻이다. 아빠는 일보다 엄마를 사랑했다. 비닐장갑 때문에 손이 자유롭지 않은 엄마에게 마취 크림을 가져다준다거나 손님에게 보리차를 대접한다거나, 눈썹 문신 시술 서비스 전반에 필요한 온갖 잡다한 수발을 들었다. 시다바리, 그거였다. 고객들은 공주 대접받는 엄마를 시기하는 한편 변변한 직업 하나 없는 아빠를 무시했다. 질투하는 동시에 업신여겼다. 여자상업고등학교 졸업반이 되자마자 삼성전자 현장직 경리로 입사한 언니는 회사 기숙사에 살았고 출결이라든지 무언가 행정적인 처리를 위해 학교에 들를 때만 예의상 혹은 절차상 집에 왔는데 항상 아줌마들을 마주쳐야만 했다. 언니는 아줌마들을, 그들의 언행을 싫어했다. 경멸했다. 금슬이니 사랑이니 운운. 그런 얘기를 듣고 있으면 자기가 부모님의 끔찍하고 추접스러운 사랑의 결과처럼, 범죄자가 부주의하게 흘리고 간 증거처럼 여겨진다고 했다. 나는 그 사람들의 결과가 아니야. 언니는 부모님을 항상 '그 사람들'이라고 칭했다. 쌓인 원한이 많은 것 같았는데, 당시 나로서는 우리 가정 안에서 경력이 부족했기에 다 이해하기는 어려웠다. 나는 고작 열네 살이었다. 만으로는 열두 살. 한 달 뒤 생일이 지나면 열세 살.

온조중학교 사물함은 특이하게 교실이 아니라 복도에 있었다. 미국 하이틴 드라마에 나오는 것처럼 근사하지는 않았지만. 나는 쉬는 시간마다 사물함 위에 양반다리로 앉아 있길 좋아했다. 남몰래 싹틔운 더럽고 추악하고 가슴 뛰고 은밀한 취미였다. 교복 치마 안으로 물방울무늬 팬티가 보일 것이다. 부러 골라 입은 화려한 색채의 팬티다. 스타킹이나 속바지 없이 맨다리에 양말만 신었다. 전날 면도한 다리털이 조금 자라 있었다. 학기 초였고, 눈 내리는 초봄이었지만 춥지 않았다. 쉬는 시간이 되면 남자애들은 교과서나 리코더나 체육복 따위를 찾는 척하며 사물함 주변을 서성거렸다. 남자애들이 여자애들의 신장을 추월하기 시작하는 시기였다. 열네 살. 전에는 비슷하거나 작았는데, 꼬맹이였는데, 이제 점점 키가 커지려고 했다. 늦되었으나 훨씬 커질 것이다. 그렇지만 사물함에 앉은 내 눈높이가 더 높았기에 거만하게 내려다볼 수 있었다. 두피가 드러나도록 바짝 깎은 목덜미를. 사물함 문을 여닫는 진동이 엉덩이와 허벅지로 느껴졌다. 철제 사물함이 체온으로 미지근해졌다. 앉을 때는 차가웠지만 금세 데워졌다. 시선이 느껴지면 짐짓 두 다리를 내려 허공에서 달랑거렸다. 그러다 다시 양반다리로 돌아왔다. 물방울무늬 팬티를 보여 줬다.

"야, 생리대 날개 다 보여."

달미가 사물함 위에 앉은 내게 귓속말로 일러 주었다. 팥죽색 마이, 요새는 재킷이라고 하나?, 주머니에 양쪽 엄지를 걸친 채였다. 나는 달미의 마이 옷감을 시선으로 쓰다듬었다. 눈동자에 아로새겼다. 교복 판매점에서 정당하게 산 것이라,

공동 구매한 내 마이처럼 번쩍거리는 부직포 소재가 아니었다. 스마트에서 샀는지 아이비에서 샀는지 아니면 나처럼 공동 구매로 샀는지 애들은 그런 걸 귀신같이 알아챘다. 남들 보기에는 똑같은 우울한 팥죽색이었겠지만. 기왕 이렇게 된 거 소재와 색감과 질감의 미묘한 차이에 집착하고 매달렸다. 달미의 마이 주머니 바깥으로 비즈로 된 핸드폰 고리가 삐져나와 있었다. 곰 모양 젤리 모양 비즈였다. 그걸 곰 모양이라고 해야 할까 젤리 모양이라고 해야 할까? 본뜬 것을 본떴을 때 무얼 본떴다고 말해야 더 진실에 가까울까. 20년이 흐른 지금 이런 걸 물으면 언니는 헛소리 집어치워, 라고 할 것이다. 그게 뭐가 중요해. 정신 좀 똑바로 차리고 살아. 사리 분별 좀 해. 조리 있게 좀 말해. 도대체 하고 싶은 얘기가 뭐야. 속 터지게 좀 하지 마. 그러면 나는 조금도 상처 받지 않고 굉장하네, 하고 받아칠 것이다. 나한테 왜 그랬어? 하고 묻는 대신에. 언니를 웃길 것이다. 안타깝게도 당시에는 우리 자매 사이에 아직 '굉장하네.'가 발명되기 전이었다. 언니와 나는 한없이 진지하고 심각했다. 그래서 곰 모양일까 젤리 모양일까 묻지 못했다. 언니가 깡촌 기숙사에 살았기 때문도 있었다. 삼성전자면 엄청난 회사 아니야? 왜 그런 데 있어? 왜 서울이 아니야? 언니가 짐을 싸 떠나던 날 나는 물었다. 언니는 화난 사람처럼 나를 바라보더니 현관문을 쾅 닫고 나갔다. 철제로 된 문이 살짝 휘었다. 어쨌거나 달미의 핸드폰 고리 비즈는 투명한 연노란색 플라스틱이었는데 빛의 각도에 따라 이 색깔이었다가 저 색깔이었다. 내 주머니 속 핸드폰에도 같은 고리가 달려 있었다. 곰 모양 젤리 모양. 팬시점에서 커플로 산 것이었다. 물론 달미와 내가 커플은 아니었다. 그때는 뭐든, 발작적이리만큼, 똑같이 사서 커플이라고 하는 게 유행이었다.

달미는 우리가 졸업한 초등학교에서 더럽게 운 나쁜 아이로 통했다. 나와 더불어. 온조중학교에 배정되었기 때문이다. 초등학교에 다닐 때는 달미와 그다지 친한 사이가 아니었다. 얼굴만 알았다. 노는 무리가 달랐고 마주쳐도 인사하지 않았다. 나는 달미의 얼굴을 정확히 알고 있었는데 달미도 그랬는지는 모르겠다. 우리는 같은 중학교 같은 반이 된 계기로, 동창이라는 이유만으로, 더럽게 운 나쁘다는 공통점으로 자연스레 붙어 다녔다. 학기 초에는 단짝을 만드는 게, 외톨이가 되지 않는 게 무엇보다 중요한 지상 과제이므로 달미와 맺어진 것이 대단히 안심되었다. 안심되는 한편 버림받고 배반당할까 봐 두려웠다. 초등학교 4학년 때였나 5학년 때 달미가 나를 교묘히 왕따시킨 적이 있었는데, 중학교에 온 뒤로는 그 사실을 완벽히 잊은 듯 보였다. 달미의 잘못은 아니었다. 왕따를 시킨 것도 그 사실을 잊은 것도. 어느 쪽이 더 나쁜가 하면 둘 다 나쁘지 않다. 누구나 한 번쯤은 왕따를 당하지 않

나. 이상하다는 이유로. 조금만 별난 구석이 있으면 그렇게 되기 십상이다. 누구나 왕따를 당하다가 왕따를 시키다가 다시 왕따를 당하다가 왕따를 당하지 않기 위해 왕따를 시킨다. 그런 일은 비일비재하다. 물론 달미는 항상 왕따를 시키는 쪽이었다.

체육 시간도 아닌데 괜히 체육복을 찾으며 이쪽을 흘끔대던 남자애가 생리대라는 말을 듣고 자기도 모르게 사물함 문을 쾅 닫았다. 귀 끝이 빨갰다. 나는 깜짝 놀란 척하며 다리를 내렸다. 입꼬리가 올라가지 않도록 단속했다. 생리 중이라는 걸 잊고 있었다. 알았으면 더 좋았을 텐데. 그걸 보는 사람이 아니라, 나에게. 엄마의 셋째 남동생인 막둥이 삼촌이 개업한 낙지 요리점에서 나는 첫 생리를 했다. 1년 전, 그러니까 초등학교 6학년 때 일이다. 오픈 이벤트 삼아 음식을 무료로 대접하는 자리였다. 연포탕, 낙지비빔밥 등이 나왔다. 개업을 축하하러 온 친지들과 공짜 밥을 얻어먹으러 온 사람들로 가게는 북새통을 이루었다. 안타깝게도 그날이 가장 손님이 많았던 날이었다. 훗날 삼촌의 낙지 요리점은 망한다. 겨우 적자만 면하는 지지부진한 매출에도 20년 가까이 영업을 이어 오지만 팬데믹의 여파로 무너진다. 아직 그 사실을 모르는 삼촌은 헛된 장밋빛 희망에 부풀어 있었다. 곧 말라 죽게 될 운명과 무관히 화환이 배달되어 왔다. 계속 왔다. 식물원을 방불케 했다. 막둥이 삼촌의 아내인 막둥이 숙모가 화분을 정리하며 직원들을 진두지휘했다. 호출 벨이 십 초에 한 번꼴로 울렸다. 엄마, 피. 나는 엄마의 소매를 잡아끌며 속삭였다. 배 아파. 그 배 아니야. 아니, 그 배 아니야. 엄마는 꼬리로 파리를 내쫓는 소처럼 귀찮아했다. 초경이라는 사실을 한참 만에 알아채고는 깜짝 놀라더니 생리대 있으신 분! 하고 소리를 질렀다. 짜장면 시키신 분! 과 정확히 같은 어조였다. 어떤 여자 어른이 핸드백에서 생리대를 꺼내 옆 사람에게 건넸고 그것은 연애편지처럼 손에서 손으로 옮겨져 마침내 내게 당도했다. 다들 열광적으로 축하의 박수를 쳤다. 그렇게 많은 이들로부터 축하받은 경험은 그때가 처음이었다. 마지막이었다. 아마 삼촌은 주인공 자리를 빼앗긴 데 상심했을 것이다. 문득 막둥이 삼촌에게 사과하고 싶은 마음이 든다. 삼촌, 그때는 미안했어요. 하필이면 개업 날 생리해서 미안해요. 나는 '막둥이'라는 단어의 뜻을 알기도 전에 삼촌을 막둥이 삼촌이라고 불렀다. 그게 막둥이 삼촌의 이름인 줄 알았다. 막둥이 삼촌은 뚱뚱했고 탈모가 있었다. 뚱뚱해서 막뚱이 삼촌인 줄 알았다. 삼촌, 미안해요. 막뚱이라고 오해해서 미안해요. 누구든 붙잡고 사과하고 싶은 마음이 든다. 사과를 받고 싶기 때문이다. 이런 얘기를 하면 언니는 또 화내겠지. 사람들의 초경 축하 박수가 끝난 뒤 엄마는 생리대를 든 채 공포에 질려 있는 나를 화장실로 보냈다. 어떻게 하는 건데? 물었지만 보면 알아, 라고만 대답했다. 아닌 게 아니라 뜯어 보니 바로 알 수 있긴 했다. 엄마는 세심한 사람이 아니었다. 나는 가슴이 나오기 시작했을 때, 적기에 브래지어를 입지 못했다. 사 달라고 할 용기가 없었다. 엄마 옆에 항상 아빠가 붙어 있었기 때문이다. 아빠는 사랑꾼, 애처가, 시다바리였다. 엄마를 죽도록 사랑했다. 감히 언니의 말을 빌리자면, 병신 쪼다였다. 그런 아빠 앞에서 브래지어라는 네 글자를 발음하면 혀가 불타 사라질 것 같았다. 언니가 아니었다면 아마 나는 계속 허리를 수그리고 다녔을 것이다. 젖꼭지가 옷 밖으로 두드러지지 않도록. 남자애들은 뒤에서 브래지어를 잡았다 놓는 장난을 치려다가 허공에 손을 멈춘 채 당황했을 것이다. 언니가 깡촌으로 떠나기 전에 가슴이 나와서 다행이었다. 물론 브래지어를 입은 뒤로 가슴은 더 자라지 않았다……

사물함 위에 양반다리로 앉는 취미는 거짓말처럼 성장을 멈춰 버린 가슴과 얼마간 관련이 있었다. 내가 여자라는 데영 확신이 없었다. 진화를 거치지 않은 하등 생물 같았다. 팬티라도 보여 줘야 했다. 달미의 단짝일 경우에는 더더욱. 우리의 관계는 임시 상태에 불과했다. 임시 단짝. 달미에게 새친구가 생기기 전까지, 딱 그때까지만 유효할 단짝. 그 사실은 자명했고 밤마다 내 가슴을 사무치게 했다. 달미는 피부가 가무잡잡하고 가슴이 컸다. 쉽게 말해 섹시한 스타일이었다. 달미가 초등학교 때 악행을 저지를 수 있었던 건 그 애가 섹시했기 때문이었다. 키가 크고 가슴도 컸다. 한마디로 '노는 애'였다. 신체 조건이 서열을 결정짓는 시기였다. 공부 따위 중요하지 않았다. 평준화에 미친 시대였으므로. 시험은 보게 하되 성적은 비밀에 부치던 시절이었으므로. 아무리 초등학교 때 전교 2등을 했다 한들. 전교생이 머리를 맞대고 비교 및 대조, 통계 작업을 한 끝에 나는 전교 2등이라는 사실을 알게 되었다. 하교해서 엄마한테 자랑했더니 마침 크림 좀 갖다줄래? 라는 답이 돌아왔다. 아빠한테 자랑했지만 아빠는 엄마에게 마침 크림을 가져다주느라 듣지 못했다. 언니는 곧 사회의 일원이 되기 위해 여자상업고등학교에서 출석 일수를 채우고 있었다. 침대에 누운 채 눈썹에 마침 크림을 바르고 랩을 씌운 아줌마가 어이구 기특해, 했다. 소독하지 않은 바늘 때문에 빨갛게 부풀다가 나중에는 촌스러운 시퍼런 색으로 빛바랠 눈썹이었다. 왕따를 당한 게 전교 2등을 하기 전이었는지 후였는지는 기억나지 않는다. 어쩌면 성적은 상관없었는지도 모른다. 항상 어쭙잖은 애들과만 어울려 놀아서였는지도. 당시 나는 세인이라는 아이와 단짝이었다. 우리는 술래잡기를 하고 고무줄놀이를 하고 그림을 그렸다. 우리는 같은 학년 아이들로부터 저능아 취급을 받았다. 혹은 나만. 세인은 나를 배신하고 달미에게 붙었다. 달미의 하수인이 되었다. 나를 괴롭히고 못살게 굴었다. 그런데 항상 피라미드 최상 위층에 있던 달미와 내가 같은 중학교에 떨어진 것이다. 더군다나 단짝이 되었다. 달미는 가슴이 컸다. 피부가 가무잡잡했다. 하얀 피부가 미의 기준이었지만 달미에게는 적용되지 않았다. 달미는 달미였다. 나는 딸기우유를 먹으면 가슴이 커진다는 말도 안 되는 낭설에라도 매달려야 하는 처지였지만 안달복달하지 않았다. 가슴이 작은 게 신의 섭리로, 정당한 처사로 느껴졌다. 달미와 나의 가슴 크기에 일종의 평준화가 이루어진 게 분명했다. 우리는 단짝이 될 운명이었다고!

온조중학교가 아무리 얼간이 천지였다 하더라도 특수학교는 아니었다. 그럼에도 학년마다 장애인이 한 명씩 있었다. 보조금이라든지 할당제라든지, 그런 사정이 있었을 것이다. 아니면 이 또한 평준화의 일환이었을까? 지능의 평준화, 지역의 평준화, 소득수준의 평준화. 평균의 아이들. 잡탕이 되어 끓어 넘치는 냄비. 어른들의 사정이야, 그때도 지금도, 모른다. 서른이 넘었는데 여전히 음력 세는 방법을 모르는 것처럼. 들으면 이해하는데 다음에는 다시 모른다. 아마 죽을 때까지 모를 것 같다. 그렇게 어려운 것도 아닌데 왜 음력 세는 방법을 모를까? 그걸 아는 사람은 도대체 어떻게 된 사람이고?

아무튼 보조금인지 할당제인지 평준화인지의 결과로 우리 학년에는 자폐아가 있었다. 베이비 붐 세대의 자녀들인 우리가 모두 엇비슷하게 태어났기 때문에 학교에서는 별관을 새로 지어야 했다. 애들이 징그럽게 많았다. 1학년 중 세 학급만 별관을 썼는데 그 자폐아가 별관 반에 배치되었다. 달미와 나도 그 애와 반은 다르지만 별관이었다. 별관은 동떨어진 느낌으로 아늑했고 본관보다 추웠다. 날림으로 지은 목재 단층 건물이었다. 유리창이 얇아서 바람이 불면 건물 전체가 귀신 소리를 내며 휘청거렸다. 멀미가 났다. 우리에게 할당된 옥수는 복도를 돌아다니며 자주 괴성을 질렀다. 바닥에 똥을 쌌다.

쉬는 시간마다 스캔들이었다. 옥수가 저지른 일을 구경하러 애들이 몰려들었다. 뱀이다! 사물함에서 폴짝 뛰어내려 똥을 구경하러 갔는데 진짜 뱀이었다. 어린 초록색 뱀이 수백 개의 관절을 꺾으며 꼬질꼬질한 실내화들 사이에서 방황하고 있었다. 밟힐까 봐 걱정스러웠다. 별관과 가까운 뒷산에서 내려온 듯했다. 빠르고 가느다랬다. 어떤 잔상 같았다. 살면서 뱀을 본 건 처음이었다. 그 후로는 한 번도 못 봤다. 본관 애들은 뱀 목격담을 허풍으로 치부했다. 성적이 낮아 별관으로 귀양 간 게 아니었고 오로지 임의적인 배치였는데 본관 애들 사이에는 우리를 얕잡아 보는 분위기가 있었다. 아닌 척 부러워했거나. 별관은 모험으로 가득한 멋지고 구질구질한 구역이었다. 내가 그 초록색 뱀을 직접 봤는지 솔직히 확신하기 어렵다. 어린 뱀이네, 뒷산에서 내려왔나, 웅성대는 소리 사이로 무수한 발들이 복도 마루에 먼지구름을 피워 올리고, 짜깁기된 내용이 진짜 기억으로 남았는지도. 요즘 나는 누굴 만나면 살면서 뱀을 본 적 있는지 묻는다. 뱀이라는 생물이 지구상에 정말 존재하는지. 아니, 책이나 화면에서 말고요. 실제로.

옥수의 기행 중 하나는 블라우스를 걷어 올려 브래지어를 보여 주는 것이었다. 마구 소리를 지르면서. 적극적인 태도로 임한 건 아니었지만 나도 스탠딩 콘서트에 온 키 작은 관객처럼 발뒤꿈치를 들고 몇 번 기웃거렸다. 흰색 면 브래지어였다. 배가 홀쭉했고 영양 상태가 좋지 않은지 각질이 일어나 있었다. 들숨과 날숨이 빠르게 바뀌었다. 옥수의 행동에는 의도가 없었다. 명확한 의도를 품은 채 사물함에 양반다리로 걸터앉는 나와는 달랐다. 옥수는 다만 혼란스럽고 시끄러운, 자기만의 증폭된 세계에 갇혀 있었다.

"뭐야, 시시해." 달미가 군중 사이에서 도도하게 돌아섰다.

그 순간 벼락 맞은 듯 어떤 깨달음이 찾아왔다. 체육복을 찾던 남자애는 달미가 생리대 날개 다 보여, 라고 내게 속삭였을 때 사물함 문을 닫은 게 아니었다. 그 전에, 몇 초 전에 닫았다. 달미가 임시 단짝인 나를 찾아 사물함 쪽으로 다가왔을 때. 내 치마 속을 엿보다 들켜서 당황한 게 아니었다. 내 물방울무늬 팬티, 심지어 생리대 날개까지 붙인 팬티보다 달미의 얼굴이 더 흥미롭다는 뜻이었다. 아무리 다리를 벌려도 달미와 동등해질 수 없다는 뜻이었다. 생리대 날개가 아니라 천사의 날개를 달았다 한들.

그래서 무슨 얘기를 하고 싶은 건데? 하고 지금쯤 너는 물을지도 모른다. 내 언니, 죽여 버리고 싶은 나의 가엾은 언니처럼. 본론을 말해, 하고 윽박지를지도 모른다. 미안, 얘기가 너무 길었다. 화내지 말아 줘. 아직은. 내가 너한테 하고 싶은 얘기는 이거야. 나는 예쁘지 않았다.

## 2

사람은 누구나 자기 살길을 찾아가기 마련이다. 예쁘면 가장 좋고 예쁘지 않으면 공부라도 잘하면 된다. 나는 일찌감치 공부로 살길을 정했다. 한때 전교 2등을 했다는 건 이미 얘기한 바 있다. 그런데 그 빌어먹을 평준화가 모든 걸 망쳐 놓았다. 성적이나 등수를 쉬쉬하는 분위기였다. 누가 성적을 비관해 자살했나? 왜 그런 비정상적이고 부자연스러운 분위기가 형성된 거지? 공부를 잘해도 아무도 알아주지 않았다. 말했듯, 나는 초등학교 때 왕따를 당한 경험이 한 차례 있었다. 노래방이나 오락실에 가지 않고 놀이터에서 술래잡기를 했다는 이유만으로 등신 취급을 받았다. 같은 중학교에 배정된 인연으로 나와 핸드폰 고리를 나눠 단 달미는 이제 새로운 친구들에게 눈을 돌리려 하고 있었다. 좀 더 예쁜 친구를 곁에 두고 싶어 했다. 달미는 나와 함께 있으면 돋보일 수도 있다는 장점을 생각하지 못하는 듯했다. 우리 커플이었잖아. 그런데 왜.

달미에게는 예쁜 여자애가 필요했다. 장미가 안개꽃을 곁에 두듯이. 안개꽃도 꽃이었다. 나는 꽃이 아니었다. 쓰레기 사이에 있다고 장미가 더 돋보이지는 않는다. 그건, 뭐랄까, 부적절한 모습일 것이다. 열네 살이었던 나는 어리석게도 그 사실을 외면하려 했다. 우리의 우정은 얼마간 유지되었다. 내가 달미에게 편리했기 때문이다. 유리하지는 않았지만 편리했다. 홀수로 떨어지는 무리에서 짝을 지을 때 눈치 싸움을 하지 않아도 되었다. 화장실에 외롭게 혼자 가거나 너무 우르르 몰려가지 않아도 되었다. 급식을 먹을 때 마음껏 고기를 뺏어 먹어도 되었다. 달미는 하고 싶은 대로 해도 되었다. 다행스러웠다. 편리함, 당분간은 그게 내 살길이었다.

달미에게는 남자 친구 후보가 여럿 있었다. 달미는 구애자들을 자극하고 애태우는 용도로 나를 사용했다. 그게 내가 첫 키스를 달미와 하게 된 경위다. 학교가 끝나면 나는 매일 달미가 사는 맨션에 놀러 갔다. 달미가 그러기를 원했다. 나도 거부할 이유가 없었다. 딱 정확히 고백한 적은 없으나, 추측건대, 달미는 이혼 가정의 외동딸이었다. 집에 어머니만 계셨다.

우리가 주로 4시쯤 갔기 때문에 아버지가 안 계시는 게 당연한지도 모르지만, 보통의 가장은 그 시각에 집에 없는 게 당연하지만, 어쩐지 두 분이 헤어졌다는 느낌이 들었다. 달미가 더 멋져 보였다. 당시에는 이혼 가정이 드물었다. 옥수가 이혼 가정의 딸이었다면 근사하게 느끼지 않았을 테지만, 달미는 달미니까.

달미의 어머니는 과묵한 분이었다. 우리가 귀가하면 별다른 인사 없이 식사를 준비했다. 기억하기로 달미의 어머니는 내게 말을 한마디도 걸지 않았다. 학교생활은 어떤지 성적이 어떤지 묻지 않았다. 내 이름도 묻지 않았다. 어머니가 해 주셨던 달걀찜이 아직도 기억난다. 정말 맛있었는데. 물이 찰랑찰랑하고 부드러운 달걀찜이었다. 잔뜩 부풀고 바닥이 탄 고깃집 달걀찜과도, 달달한 푸딩 같은 일본식 달걀찜과도 달랐다. 전무후무한 달걀찜이었다. 조리 방식도 특이했다. 가스 불이 아니라 전자레인지로 조리했다. 나중에 그 맛을 내 보려고 몇 번 시도했는데 항상 실패로 끝났다. 달미의 어머니가 보고 싶어진다. 평안하시죠? 달미와 달미의 어머니와 나는 식탁에 앉아 묵묵히 밥을 먹었다. 먹는 속도가 빠른 달미가 먼저 일어섰다. 가정교육을 못 받은 게 분명했다. 어른이 먹고 있는데 먼저 일어나다니. 그러한 버릇없는 행동이 내가 달미네를 이혼 가정이라고 추측하는 데 한몫했다. 달미의 어머니는 막상 아무렇지도 않은 듯 보였지만. 달미가 그릇을 개수대에 넣고 거실 소파에 앉아 텔레비전을 보는 동안 달미의 어머니와 나는 마주 앉아 말없이 밥을 먹었다. 남의 엄마, 서로에 대해 아무것도 모르는 이와 대화 없이 식사한다는 건 정말이지 이상한 경험이다. 그때는 이상했는데 지금은 그리운 마음이 든다. 드물게 평화로운 시간이었다고 생각한다. 위로받는 기분이었다. 전자레인지로 만든 축축한 달걀찜. 언젠가 전 남자 친구에게 전화해 너네 엄마가 해 준 양념게장을 먹고 싶다고 술주정했던 기억이 난다. 전무후무한 양념게장이었는데. 고춧가루로만 양념하는 게 비결이었다. 달고 끈적거리는 여느 게장과 차원이 달랐다. 나는 요리 잘하는 사람이 늘 경이로웠다.

과묵한 어머니와 나는 식사를 마쳤다. 어머니는 설거지를 했고 나는 소파로 가 달미 옆에 몸을 날렸다. 소파 나무살이 우지끈했다. 뜨끔했지만 달미는 개의치 않는 듯했다. 달미는 무심하고 태평한 성격이었다. 한마디로 쿨했다. 정말 귀한 자질이었다. 우리는 카드 두 장으로 만든 초가집처럼 서로 기대어 텔레비전을 봤다. 시답잖아서 집중하지 않아도 되는 프로그램이 나왔다. 그래서 편하고 좋았다. 달미가 주머니에서 핸드폰을 꺼내더니 구애자들로부터 온 문자메시지를 보여 줬다. 유치하고 애처로운 문장들. 달미의 손가락 사이로 곰 모양 젤리 모양 비즈가 달랑거렸다. 연노랑 플라스틱. 크리스털을 본

뜬 플라스틱. 햇빛을 받아 이 색깔이었다가 저 색깔이었다. 해가 기우는 시각이었지만 서향이라 오히려 환했다. 오렌지주스를 쏟은 것처럼 빛살이 낭자했다. 주방에서 그릇 달그락거리는 소리, 생활의 소리가 들렸다. 비즈에서 반사된 빛 조각이 달미의 또렷한 인중에 내려앉았다. 무지갯빛이었다.

"사진 찍자." 달미가 핸드폰 카메라를 켜며 말했다. 무지갯빛이 달아났다.

전면 카메라로 전환하자 화면에 우리 얼굴이 가득 찼다. 폴더 폰이라 화면이 작았다. 기종이 뭐였더라. 은색 몸체에 파란 테두리가 둘린 핸드폰이었다. 달미는 011로 시작하는 번호를 썼다. SK텔레콤. 나는 KTF라 016이었다. 당연히 011이 더 멋있었다. 꼭 달미가 사용해서가 아니더라도. 나중에 011은 016과 017 또는 019의 시샘에 의해 그 숫자들과 다 같이 멸종한다. 우리는 고개를 이리저리 틀어 가며 어여쁜 표정을 지었다. 나로서는 지대한 노력을 기울여야 했다. 턱을 안으로 잡아당기고 눈을 부릅떴다. 괴이했다. 외모는 성적과 달랐다. 즉각적이었다. 비교 및 대조, 통계 작업을 하는 수고를 들이지 않아도 곧바로 드러나는 것이었다. 달미는 예뻤다. 그제야 나는 달미를 떠나야 한다는 사실을 인정했다. 달미를 위해서. 달미에게는 안개꽃이 필요했다.

"키스해 줄래?" 카메라를 쳐다보며 달미가 말했다. 화면 안에서 달미의 눈이 나를 똑바로 응시했다.

나는 무의식적으로 주방 쪽을 봤다. 텅 빈 식탁만 보였다. 싱크대는 사각에 위치해 있었다. 달미의 어머니가 설거지하는 소리가 들렸다. 키스해 줄래? 형식은 요청이었지만 내용은 명령이었다. 나는 감히 거역할 수 없었다. 달미의 가무잡잡한 볼에 입술을 댔다. 왼쪽 귀로 셔터 소리가 들렸다. 얼른 입술을 떼고 화면을 봤다. 잡은 지 세 시간 된 붕어 사체 같은 옆모습이 눈에 들어왔다. 사진 속에서 달미는 부끄럽다는 듯 시선을 내리깔고 있었다. 달미는 사진에 만족했지만 나는 아니었다. 몇 차례 더 찍었다. 달미의 볼에 반복해 입 맞추며, 결과물이 이상한 건 내가 못생겨서가 아니라 각도 때문이라고 생각하려 노력했다. 텔레비전에서 시답잖은 프로그램이 끝나고 광고가 나왔다. 달미는 약간 지쳤고, 피차가 공평해질 수 있는 묘안을 냈다. 고개를 돌려 내 입술에 자기 입술을 댔다. 찰칵. 비즈가 달그락거렸다. 빛이 하얀 벽 모서리로 날아갔다. 사진 속에서 나는 눈을 감고 있었고 달미는 살짝 실눈을 뜬 채 내 콧등 부근을 바라보고 있었다. 음, 이건 마음에 들었다.

해가 건물 뒤로 주저앉듯 사라졌다. 퇴근길, 피로한 몸을 지하철 의자에 가까스로 앉히는 중년 남자처럼. 부엌에서 설거지를 마친 어머니가 나왔다. 일부러 천천히 끝냈다는 인상을 지울 수 없었다. 내가 처음이 아닌 걸까. 달미의 어머니가 식사할 때 나쁜 아니라 달미와도 대화를 나누지 않았다는 데 생각이 미쳤다. 기묘했다. 브라운관이 잠시 까매졌고 소파에 얼기설기 앉은 우리의 모습이 비쳤다. 달미는 우리의 키스 사진을 구애자들에게 전송했다.

맨션에서 나온 뒤 나는 천천히 걸었다. 점점 빨리 걸었다. 전속력으로 달렸다. 벅차고 비참한 기분이었다. 아리송한 기분이었다. 울고 싶었다. 눈물은 슬플 때가 아니라 헷갈릴 때 나곤 하니까. 가슴속이 날갯짓하듯 소란스러웠다. 누군가 내 몸 안에 갇혀 가슴뼈를 마구 주먹질하는 것 같았다. 짭짤하고 축축한 맛이 입안에 감돌았다. 달걀찜의 맛. 불이 아니라 마이크로파로 요리한 맛. 전무후무한 맛.

집에 도착한 나는 대문을 열었다. 마당을 지나 지난번 언니가 꽝 닫는 바람에 우그러진 현관문을 열었다. 아귀가 맞지 않아 열 때마다 고생해야 했다. 몸을 뒤로 젖히고 힘주어 잡아당겨야 했다. 남자 손님은 화장실 문이 열리지 않을 때 노크하고 여자 손님은 문고리를 미친 듯이 잡아당긴다는 얘기가 떠올랐다. 낙지 요리점에서 막둥이 숙모가 알려 주었다. 여자 손님은 문이 잠겼다는 생각에 앞서 자기 힘을 의심하기 때문이란다. 단지 힘이 부족하다고 여기기 때문에. 나는 다시 한번 문고리를 힘껏 당겼다. 밖에 있었지만, 마치 갇힌 사람처럼 문고리를 사정없이 흔들었다. 노크하거나 초인종을 누르거나 열쇠를 밀어 넣는 선택지는 없었다. 우리 집 문은 한 번도 잠긴 적이 없었다. 가족 중 누구도 열쇠를 지니고 다니지 않았다. 집은 엄마의 눈썹 문신 시술소였으니까. 영업 중에 가게 문을 잠그는 사장은 세상에 없다. 아빠가 항시 집을 지키고 있으니 도둑이 들 리도 없었다.

너머에서 어떤 기척이 느껴졌다. 문고리 잠금이 풀리는 소리가 들렸다. 잠금은 풀었으되 안에서 문을 열어 주지는 않았다. 우그러진 현관문은 그저 벽처럼 굳건하게 닫혀 있었다. 나는 별다른 의심이나 걱정 없이 문을 열어젖혔다. 쉽게 열렸다. 집 안이 연기로 자욱했다. 화재라든지 번개탄이라든지, 그런 건 아니었다. 우리 집은 비극과 거리가 멀었다. 비극적이게도. 엄마가 급히 화장실로 들어갔다. 화장실까지 따라가기 뭐했는지 아빠는 창문이란 창문은 죄다 열었다. 눈앞이 뿌옇고 기침이 났다. 연기에서 맛있는 냄새가 났다.

"그 사람들 소고기 먹은 거야." 깡촌에 위치한 삼성전자 구내식당에서 언니가 말했다. "너 소고기 먹어 본 적 있어?"

"아니." 내가 보온 도시락에 싸 온 미역국을 떠먹으며 말했다.

언니의 생일이라 미역국을 끓여 싸 들고 찾아갔을 때였다. 학교를 조퇴하고 점심시간에 맞춰 갔다. 왜 그런 낯간지러운 일을 했는지는 기억나지 않는다. 첫 키스가 머리를 돌게 만든 걸까? 생일인데 집에 안 오냐고 문자를 보냈을 때 언니는 365일 중 똑같은 하루일 뿐이야, 하고 답신했다. 언니는 스스로를 냉소적이라고 생각하길 좋아했다. 하나도 안 멋있었다. 회사에 도착해서야 언니를 이해할 수 있었다. 대중교통으로 왔다 갔다 하기에는 다소 무리가 있는 위치였다. 버스를 타고 이상한 정류장에서 내려 한참 기다린 뒤 다시 버스를 갈아타고 또 한참 걷고 헤매야 닿을 수 있는 곳이었다. 정문에 도착해 고개를 들었을 때 나는 땀범벅으로 먼지를 뒤집어쓴 채 헐떡이고 있었다.

"진짜 안 먹을 거야?" 내가 천 번째로 권했다. 보온 도시락의 국 통이 미역으로 넘치려고 했다. 물론 밥통에도 미역을 담았다. 집에 돌아가기 싫었다. 냄비마다 미역으로 가득 차 있는 걸 보면 엄마는 실신할 것이다. 엄마가 죄 없는 아줌마의 눈썹에 바늘을 찔러 넣는 동안 벌어진 일이었다. 요리 잘하는 사람은 1인분의 미역국을 끓일 때 미역을 한 티스푼만 불린다. 한 티스푼의 미역, 나는 그걸 경이라고 부른다.

"너나 먹어." 언니가 말했다. "나 미역국 싫어해."

"좋아하잖아……." 어쩐지 배신감이 들었다. 내 목소리가 가련하게 들려 짜증이 났다. "좋아했잖아."

"너는 좋아해?"

어려운 질문이었다. 너 미역국 좋아해? 라는 질문을 들어 본 사람이 세상에 몇 명이나 될까. 미역국은 좋아하고 말고를 따지는 음식이 아니다. "모르겠어."

"너는 세뇌당한 거야." 언니가 숟가락으로 식판을 탕, 쳤다. 그러니까 언니는 내가 손수 싸 온 정성스럽고 버거운 미역국 도시락 대신 회사에서 제공하는 밥을 먹기로 택한 참이었다. 식사에 열중하던 직원들이 이쪽을 봤다. "세뇌당했어. 미역을 좋아하도록."

영문 모를 얘기였다. 어느 부모가 자식에게 미역을 좋아하 도록 세뇌한단 말인가. 공부라면 또 몰라도. 무슨 이득이 있 다고. 그러다 엄마의 고객 중 한 명이 하는 옷 가게에 놀러 갔 던 기억이 났다. 어렸을 때였다. 아동복을 파는 가게였지만 엄 마가 옷을 사 주지는 않았다. 수다만 떨었다. 엄마는 외출할 때마다 나를 데리고 다니는 못된 습성이 있었다. 달미와 마찬 가지 이유였을 거라 생각한다. 내가 사용하기 편리했기 때문 에. 혼자 나가긴 심심하고 언니는 그때도 반항아였으니까. 당 시 아빠는 웬일로 밖에서 일을 하고 있었다. 내가 엄마의 외 출 동반자로 적당했다. 나는 얌전했다. 보채거나 떼쓰지 않았 다. 말 잘 듣는 몰티즈였다. 두 여자가 수다 삼매경에 빠진 동 안 나는 등받이 없는 의자에 앉아 고문 같은 시간을 견뎠다. 아동복을 구경하면서. 프릴이나 리본이 달린 옷이 많았다. 옷 가게 아줌마는 내가 심심할까 봐 간간이 말을 걸어 주었다. 사려 깊은 아줌마였다. 나는 공손한 미소로 응답했다. 못생겼으면 착하기라도 해야 한다. 보통 어른들은 어린이에게 예의상 예쁘다는 칭찬을 하기 마련이지만 그때도 나는 외모에 대한 칭찬을 들어 본 적이 없었다. 될성부른 떡잎이었다. 아줌마는 아유 애가 참, 하더니 난처하다는 듯 입을 다물었다. 양심에 찔렸던 것이다. 대신 이렇게 말했다. 애가 참, 참을성이 많네. 엄마는 몇 번의 외출을 통해 내 용모에 문제가 많다는 사실을 깨달았다. 나를 데리고 다니지 않았다. 아빠와 다녔다. 뭐, 이건 자격지심인지도 모르겠다. 단지 그 무렵 아빠가 집에 들어앉았기 때문일 수도 있다.

"혹시 옷 가게 얘기야?" 내가 언니에게 물었다. "기억나. 그 아줌마가 나한테 그랬어. 미역 먹으면 예뻐진댔어."

"거봐. 그 여자가." 언니의 인명사전에서 '그 여자'란 엄마다. "옷 가게 아줌마를 사주한 거야."

"왜?"

"미역 먹이려고."

"그러니까, 왜?" 나는 고개를 숙인 채 밥통에 담긴 미역국에 숟가락을 찔렀다. 배불렀다. "내가 예쁘지 않기 때문에?"

"뭐래."

구내식당에 있던 직원들이 일제히 창문 밖을 바라봤다. 식기 부딪치는 소리가 멎었다. 무언가에 압도된 듯했다. 대자연을 볼 때처럼 경외가 담긴 눈빛이었다. 창밖으로 검은색 세단이 느리게 지나가고 있었다. 자동차가 멀어지자 그제야 분위기가 술렁거렸다. 일시 정지했던 비디오테이프를 다시 재생한 것 같았다. 중요한 사람인 모양이었다.

"이건희야?"

언니가 지겹다는 듯 한숨을 내쉬었다. "이건희가 여길 왜 와. 이런 시골 깡촌에."

"그럼 누군데?"

"본사에서 파견 나왔대. 감사과 차장님." 언니가 젓가락 끝으로 반찬을 뒤적이며 설명했다. "학교에 장학사 올 때 있지? 전날 청소도 깨끗이 하고 추리닝 입던 선생님들 정장 차려입고 오고 수업할 때 칠판에 학습 목표도 적고 그러잖아. 미리 발표 연습도 하고. 장학사랑 비슷한 사람이야. 잘 보여야 하는 사람."

어쩐지 설명이 부족하게 느껴졌다. 장학사를 그런 눈빛으로 바라보는 사람은 없다. 아까 직원들의 눈빛은 내가 달미를 바라볼 때와 흡사한 종류였다. 식사를 마친 이들이 하나둘 자리에서 일어났다. 여직원들이 식당을 빠져나가면서 시시덕거리는 소리가 들렸다. 차장님이 이랬는데, 차장님이 저랬는데, 차장님이, 차장님은…… 연예인 혹은 우상을 두고 얘기할 때의 어조였다. 검은 세단에 탄 사람은 장학사가 아니었다. 굳이 따지자면 교생이었다.

"인기 많은가 봐."

"그러든지 말든지." 언니가 심드렁하게 대꾸했다. 그러더니 씩 웃었다. "게이래."

요즘에는 '게이'가 나에게 절대 넘어오지 않을 남자를 괜히 몽니 부리며 칭하는 말, 여우가 신 포도를 칭하는 말이 되기도 하지만 그때는 아니었다. 훨씬 저속하고 딱하고 심각한 것이었다. 나는 입맛이 달아났다. 국 통이 거의 비었고 밥통은 반쯤 남았다. 끝까지 언니는 먹어 주지 않을 작정인가 보았다. 나는 뚜껑을 돌려 닫았다. 미역이 배 속에서 자꾸 불어나는 느낌이었다. 토할 것 같았다.

"너 안 못생겼어." 언니가 도시락 밥통 뚜껑을 열더니 한 모금 마셨다. "솔직히 예쁘지는 않지만 그렇다고 못생긴 것도 아니야."

"내 미역국 내놔."

언니가 순순히 밥통을 돌려줬다. "그 사람들은 예뻐지라고 미역을 세뇌한 게 아니야."

"그럼?"

"미역이 싸고 양 많기 때문이야. 네 입에 소고기를 넣어 주는 게 아까운 거야. 그 사람들은," 언니가 빈 식판을 들고 자리에서 일어났다. "그런 사람들이야."

# 3

달미가 구애자들에게 전송한 우리의 키스 사진은 엉뚱한 결과를 빚어냈다. 내게도 구애자가 생긴 것이다. 세상에, 믿기지 않았다. 천지개벽할 일이었다. 어째서? 달미와 키스할 수 없으니 간접 키스라도 하고 싶어서? 나를 인간 머그잔으로 사용하기 위해서? 진혁과 나는 우리 집 주변 근린공원을 걸었다. '그린'을 잘못 적은 줄 알았는데 사실은 가까울 근, 이웃 린을 쓰는 그 근린공원이었다. 나를 보러 진혁이 찾아왔다. 나를 보러, 나와 가까운 곳으로. 근린 구역으로. 밤이었고 추웠다. 나무에 잎이 없었다. 불량 청소년들이 정자에서 술을 마셨다. 주인 없는 개가 돌아다녔다. 좋아한다는 고백을 난생처음으로 들었다. 나는 진혁을 골탕 먹일 기대로 신나서 정신이 나갈 지경이었다. 나도 달미처럼 누군가의 마음을 가지고 놀고 싶었다. 누구인지 모를 대상을 향해 복수하고 싶었다. 왜 나를 좋아하지, 하는 의구심은 금세 사라졌다. 진혁이 나를 좋아해 주기를 이제는 내가 바랐기 때문이다. 쓸데없는 의심은 집어치우는 게 좋다.

진혁에게 개인적인 문자가 오기 시작했을 때부터 나는 달미의 핸드폰 화면을 훔쳐봤다. 누구와 연락하는지 확인했다. 연락하는 사람 중에 진혁이 있는지. 진혁도 있었다. 가끔. 진혁은 나와 연락하는 동시에 달미와 연락했다. 음, 그럴 수 있다. 진혁은 나와 더 자주 연락했다. 달미의 별은 골고루 배분되어야 했고 내 알은 남아돌았기 때문이다. 아니면 진혁이 나를 더 좋아했기 때문이다. 나는 한 달에 문자메시지를 100통까지 보낼 수 있는 요금제를 쓰고 있었다. 거의 진혁에게 썼다. 언니와의 연락을 끊어야 했다. 달미 몫은 따로 떼어 두었는데 전보다는 적었다. 한정된 자원을 운용하는 삶. 딱히 마음이 있는 건 아니었지만 진혁에게서 온 문자를 영구 보관함에 저장했다. 우리는 칼자국이 난 벤치에 앉았다.

"그 새끼 죽여 줄까?" 진혁이 비장한 어조로 물었다. 질문이 아니었다. 이미 결정한 것 같았다.

나는 왼쪽 뺨을 문질렀다. 살짝 부어 있었다. 오늘 나는 영어 시간에 졸았다. 깡촌에 다녀오느라 피곤했던 모양이다. 선

42

생님의 지시로 교실 뒤에 서 있게 됐는데 거기서도 좋았다. 선생님이 밖에 나가 찬 바람을 쐬고 오라고 했다. 벌은 아니었고, 안쓰러워서 내보낸 것이었다. 공부하느라 밤을 새웠겠거니 생각하는 듯했다. 배치 고사의 효과인지 나는 약간 모범생으로 통했다. 학생들은 본인 성적을 몰랐지만 선생님들은 알았다. 이럴 때는 유리했다. 선생님과 연애해야 하는 걸까? 나는 싸늘한 복도를 걸었다. 손끝으로 사물함을 쓸면서. 복도는 안일까 밖일까. 교실보다는 밖이었고 밖보다는 안이었다. 추워서 더 나가기는 싫었다. 바람 때문에 창문이 덜컹거렸다. 활이 현을, 현들 중에서도 가장 굵은 현을 깊숙이 긁는 소리가 났다. 날림으로 지은 별관 건물이었다. 자폐아가 똥을 싸고 뒷산에서 뱀이 내려오는 복도였다. 학생주임과 마주쳤다. 뭐 해? 당구 큐대로 자기 허벅지를 툭툭 치며 학주가 물었다. 나는 있는 그대로 대답했다. 바람 쐬요. 사실이 그랬다. 영어 선생님이 나가서 찬 바람 쐬고 오라고 했다. 더 밖으로 나가야 했을까? 학주는 내가 했던 대답을 되풀이했다. 바람 쐬요? 네, 하고 말하는데 갑자기 복도 바닥이 눈앞에 있었다. 넘어진 것 같았다. 초등학교 운동회 날 그네에 뒤통수를 맞고 기절했다 깨어났을 때 딱 이런 느낌이었다는 게 기억났다. 교실 창문으로 얼굴들이 다닥다닥 다가왔다. 휘둥그레진 눈이 수십 개쯤 되었다. 학주가 당구 큐대를 휘둘러 아이들을 자리로 돌려보냈다. 그러더니 갑자기 안절부절못했다. 허리를 수그리고 내 얼굴을 살폈다. 때릴 데가 어디 있다고, 하면서 자기 볼을 내가 따귀 맞은 자리에 비볐다. 뭐지? 황당했다. 맞은 것보다 더 황당했다. 학주는 머리가 컸고 입에서 믹스커피 냄새가 났다. 때릴 데가 어디 있다고. 그 말을 남긴 뒤 학주는 급작스레 떠났다. 나는 한참 서서 복도의 소실점을 보았다.

"처음 맞아 봤어." 내가 진혁에게 말했다. 볼이 뜨끈뜨끈했다. 불쾌하다기보다는, 신기했다. "우와."

진혁은 놀란 것 같았다. UFO를 본 지구인의 표정이었다. "엄마한테 안 맞아 봤어?"

"응." 당연하다.

"아빠한테도?"

"응." 아빠가 나를? 절대.

"너를 되게 사랑하시나 보다." 진혁이 감탄했다. 터무니없게도, 질투 섞인 어조였다.

깡촌에서 언니가 했던 얘기가 떠올랐다. 네 입에 소고기를 넣어 주는 게 아까운 거야. 그 사람들은 그런 사람들이야. "사랑하지 않으니까 안 때린 거야. 사랑하지 않으니까, 때릴 마음도 안 드는 거겠지."

"학주는 널 사랑해서 때린 거야?"

"아니." 그럴 리가 없었다. "응. 아니. 모르겠어."

진혁이 내 왼쪽 뺨으로 손을 뻗었다. 나는 흠칫 놀라 뒤로 물러났다. 내가 먼저 물러났고, 그다음에 진혁이 손을 뻗었다는 생각이 들었다. 세상은 인과로 이루어져 있지 않아요. 그때 내가 피부과 의사의 말을 기억할 리는 없었다. 열네 살이었으니까. 나는 20년 후에 보라매병원 진료실에서 그 말을 듣게 된다. 그렇지만 이미 그 말을 들은 듯했다. 듣고 기억하는 듯했다. 미래를 기억하는 게 가능할까? 나는 가능하다는 걸 알았다. 원인이 결과를 빚는 게 아니라 결과가 원인을 반추하게 하므로. 미래가 과거를 구성하므로. 결과가 원인에 앞서므로. 진혁은 상처 받은 표정이었다. 차가운 손으로 식혀 주고 싶었던가 보다.

"정말 나를 좋아해?" 나는 잔인해지려는 마음을 억눌렀다. 학주를 죽여 주면, 뺨을 식혀 주면, 달미에게 문자를 하지 않으면, 같은 조건절이 떠올랐다. 달미 생각을 하니까 가슴이 아팠다. 내가 진혁을 좋아해서인지, 진혁이 달미를 좋아해서인지, 내가 달미를 좋아해서인지 알 수 없었다. 누구를 시샘해야 하는지 헷갈렸다.

진혁이 고개를 끄덕였다. 사귀고 싶어, 하고 말했다.

"그럼," 수백 가지 조건절이 머릿속에서 슬롯머신처럼 빠르게 돌아가다 서서히 멈춰 섰다. "텀블링 열 번 해."

뒤편 정자에서 불량 청소년이 깔깔대는 소리가 들렸다. 욕설을 섞어 가며 웃었다. 떠돌이 개가 나무라듯 짖었다. 새 그림자가 지나갔다. 밤인데 그림자가 있었다. 옆 벤치에서 노숙자가 신문지를 덮고 누웠다. 진혁은 말없이 벤치에서 일어났다. 운동화 앞부리로 바닥을 확인했다. 돌이나 자갈을 치웠다. 아직 날이 풀리지 않아 흙바닥이 딱딱해 보였다.

진혁은 텀블링을 못했다. 도는 것까지는 됐는데 회전이 부족해 두 발이 아니라 등과 뒤통수와 엉덩이로 착지했다. 둔탁한 소리를 내며 뒤로 찧듯이 넘어졌다. 피가 쏠려 얼굴이 빨갰다. 퍽. 퍽. 땅이 울렸다. 아직 얼음이 녹지 않은 검은 땅이었다. 나는 멈추라고 하지 않았다. 무감동한 표정으로 숫자를 셌다.


진혁과의 연애는 비밀에 부쳐졌다. 배신자라는 사실을 달미에게 들켜서는 곤란했다. 그도 그렇고, 나는 아직 달미와 키스하는 사이였으면 했다. 미련이 남았다. 비밀 연애를 하자고 작당을 한 건 아니었는데 진혁도 똑같이 했다. 걔의 마음까지는 알 수 없었다. 내 마음만으로도 혼란스러웠다. 반에서 나는 앞자리에 앉았기 때문에 달미를 충분히 염탐할 수 없었다. 뒤를 돌아보면 달미는 책상 아래로 핸드폰을 만지고 있었다. 진혁과 문자하고 있는지 궁금했다. 선생님에게 돌아보지 말라는 주의를 들었다. 진혁을 감시할 수도 없었다. 진혁은 본관 아이였다. 나는 한 달에 100통만 쓸 수 있는 문자를 할애해 달미에게 뭐 해? 하고 보냈다. 답이 없었다. 한 통을 더 할애했다. 진혁 역시 답이 없었다. 교과서 귀퉁이를 찢어서 '뭐해?'라고 적었다. 뒤에 앉은 애한테 달미, 하고 수신자를 밝히며 건넸다. 쪽지는 신속히 배달됐다. 반 아이들은 그런 식으로 품앗이를 하곤 했다. 서로가 발신자이자 수신자이며 배달부였다. 쪽지가 돌아왔다. '뭐 해?' 아래로 '네 생각.'이라고 간단히 적혀 있었다. '네 생각.'은 아무런 의미도 없는 말이었다. '그냥 있어.'랑 똑같은 말이었다. 버디버디로 뭐 해? 하고 보내면 모두가 한결같이 '네 생각.'이라고 했다. 대답하기 귀찮다는 걸 상냥히 포장한 말이었다. 학주가 뭐 해? 라고 물었을 때 '바람 쐐요.' 대신 '네 생각.'이라고 해야 했을까?

나는 복도 사물함에 양반다리로 앉는 버릇을 고쳤다. 난잡하다고 소문나면, 본관에 있는 진혁의 귀에 들어간다면, 생각만 해도 끔찍했다. 버림받을 게 분명했다. 팬티는 진혁이한테만 보여 줘야지. 보고 싶어 할 경우에 말이지만. 이미 알고 있는 건 아니겠지? 그래서 고백했나? 쉬울 것 같아서? 예스에서 그럴듯한 속옷을 사야겠다. 물방울무늬는 아무래도 촌스러웠다. 지긋지긋했다. 그 팬티는 옷 가게 아줌마가 눈썹 시술의 대가로 현금 대신 지불한 것이었다. 우리 집에는 팬티가 무더기로 쌓여 있었다. 방 하나를 내줘야 할 정도로. 평생 빨래를 안 하고 일회용으로 써도 죽을 때까지 입을 수 있었다. 옷 가게 아줌마의 남편이 쌍방울 공장을 운영했는데 IMF 때 부도가 났다고 들었다. 브래지어나 줄 것이지. 그럼 가슴이 나오기 시작했을 때 허리를 수그리고 다니지 않아도 되었을 텐데. 왕따도 안 당했을 텐데. 아무튼 전단지를 1000장 붙이면 예스에서 그럴듯한 팬티를 살 수 있었다. 엄마는 내가 중학생이 된 이후 직업을 알선했다. 언니에게 그랬던 것처럼. 네 용돈은 네가 벌어. 밥은 공짜인 줄 알아? 언제는 나한테 용돈을 줬다는 듯이 말했다. 나는 한 번도 용돈을 받아 본 적이 없었다. 문방구에서 군것질도 못 했다. 친구들이 군것질하는 걸 구경만 했다. 필요한 게 있으면, 꼭 필요한 것만, 그때그때 엄마가 사 줬다. 아르바이트를 할 수 있어서 기뻤다. 자유를 얻은 셈이었다. 아쉬운 소리를 할 필요가 없었다. 돈은 달콤했다. 중독적이었다. 사유재산은 대단해! 눈썹 문신 손님이자 이런저런 가게 사모님인 아줌마들이 내 고용주가 되었다. 아파트 꼭대기 층에서부터 현관문에 전단지를 붙이며 한 층씩 내려왔다. 한 장에 10원이니까 계단식 아파트 한 라인에 대략 400원을 벌 수 있었다. 엄청난 돈이었다.

어쩌면 나도 언니처럼 여상에 가야 할지도 모른다. 언니는 공부를 못하지 않았다. 우등생까지는 아니었지만 날라리도 아니었다. 인문계 고등학교에 갈 수 있었다. 인문계에 진학

하지 못하는 건 범죄였는데, 엄마에게는 아니었다. 엄마는 언니가 하루라도 빨리 사회의 일원이 되기를 바랐다. 돈을 벌어 오길 바랐다. 가계에 보탬이 되기를 바랐다. 엄마는 우리가 무슨 초등학교 무슨 중학교에 다니는지 몰랐다. 관심이 없었다. 그렇지만 고등학교 진학 문제에는 관여했다. 아빠는, 휴, 말을 말자. 엄마는 어린 동생들을 줄줄이 키워야 했기 때문에, 너무 어린 나이에 지치고 소진됐기 때문에 정작 언니와 나를 포기했을 따름이었다. 아빠는 뭐 하는 인간인지 알 수 없었다. 아무튼 나도 언니처럼 여상에 가야 할 운명이었다. 깡촌에서 경리 일을 해야 할 운명이었다. 공부 따위 할 이유가 없었다.

나는 예스에서 팬티를 사려면 아파트 동을 몇 개나 돌아야 하는지 셈했다. 교과서 여백에 계산식을 썼다. 팬티를 사기 전에 진혁이 나를 넘보면 어떡하지? 전단지를 좀 버려야 하나? 사모님들은 내가 전단지를 성실히 붙였는지 확인하지 않았다. 전단지 다발에서 뭉텅이로 몇십 장 버려도 문제 될 것은 없었다. 확인하는 악덕 업자도 간혹 있다고 들었다. 임의의 동, 임의의 층에 내려서 확인하거나 아파트 단지 쓰레기통을 뒤진다고 했다. 물론 사모님들은 그러지 않았다. 사랑방이나 다름없는 문신 시술소, 그러니까 우리 집에서 매일 보는 사이였기 때문에 신용이 있었다. 나는 속임수를 쓰지 않았다. 길에 껌을 안 뱉는 것처럼. 도덕은 내 비루한 자긍심이었다. 다른 사람보다 우월해지는 유일한 방법이었다. 못생긴 여자아이의 삶이란 그런 것이었다. 전단지를 버리면 아마 달미는 용서받을 것이다. 나는 용서받지 못할 것이다. 따귀를 맞을지도 모른다. 찬 바람을 쐬러 복도를 걷던 사람이 내가 아니라 달미였으면 학주는 달미를 때렸을까? 결단코 아닐 것이다. 내가 맞은 이유는 내가 나였기 때문이다.

영어 선생님이 뒤를 돌아보는 내게 주의를 주었다. 단호하지 않은 목소리였다. 죄책감을 애써 감추는 목소리였다. 금방이라도 울음을 터뜨릴 것 같은 표정이었다. 둑을 막듯 한쪽 팔로 다른 팔을 붙들고 있었다. 놓치면 홍수가 날 것처럼. 나를 어려워하는 기색이 역력했다. 벌써 몇 번째 지적만 반복했을 뿐 화를 내지는 못했다. 지난번 바람을 쐬라고 나를 복도로 내보냈고, 나는 따귀를 맞았으므로. 이건 인과가 아니다. 인과는 이런 식으로 이루어져 있지 않다. 두 일은 독립적이다. 오만하게도, 영어 선생님을 위로하고 싶다는 충동이 들었다. 선생님 잘못이 아니에요.

쉬는 시간에 창가의 달미 자리로 갔다. 달미와 친해지고 싶은 여자애들이 주변을 얼쩡거리고 있어 번호표를 뽑아야 했다. 놀랍게도 나는 프리 패스 티켓을 받았다. 간택되었다. 의자에 앉은 달미가 내 손목을 잡아당겨 자기 곁으로 이끌었다. 어안이 벙벙했다. 달미의 추종자들이 눈을 흘기며 흩어졌다. 나는 뿌듯했다. 동시에 두려움에 휩싸였다. 진혁과의 연애를 들킨다면 왕따를 당할 것이다.

달미가 핸드폰 폴더를 딱 덮으며 나를 올려다봤다. "진혁이랑 사귄다며?"

비밀 연애를 들킨 것과 내가 옥수의 팬티를 벗기는 데 일조한 것에는 어떤 상관관계가 있을까. 체육 시간에 강당에서 합반 수업을 했다. 반 대항으로 피구 경기를 했다. 나는 선 밖에 서기 위해 일찌감치 아웃되었다. 나는 체육 시간을 싫어했다. 누가 좋아하겠느냐마는. 체육복을 갈아입고 강당까지 이동하는 게 귀찮았다. 처음에는 귀찮지만 막상 열심히 임하게 되는 관성이 싫었다. 심지어 피구는 재밌기까지 했다. 진짜 싫었다. 공을 무서워하지만 죽는 것도 무서워하는 여자애들이 꺅꺅대며 선 안에서 우왕좌왕 몰려다녔다. 옥수의 자기만의 증폭된 세계를 자극하는 소리였다. 옥수는 강당을 돌며 울부짖었다. 뭐가 답답한지 블라우스를 걷어 올려 브래지어를 드러냈다.

체육 시간이 끝나고 달미의 추종자 중 하나가 옥수를 강당 한쪽으로 이끌었다. 달미에게 잘 보이려고 하는 행동이었다. 나는 그 메커니즘을 잘 알았다. 누구보다 훤히 알았다. 피

구를 할 때 달미가 옥수를 보며 인상을 찌푸렸겠지. 집중력이
흐트러져 아웃되었다고 생각했겠지. 자신의 반사 신경이 둔해
서가 아니라. 구겨진 미간은 쟤 때문에 창피를 당했어, 라는
뜻이었다. 내가 시키기 전에 네가 먼저 움직여. 네가 움직여.
지켜는 봐 줄게. 일 초 만에, 눈썹을 조금 들썩이는 걸로 달미
는 그런 명령을 내릴 수 있었다. 달미는 신이었다. 우리의 극
악무도하고 아름다운 여신이었다. 달미의 충성스러운 추종자
가 무거운 자주색 벨벳 커튼이 쳐진 공간에 옥수를 몰아넣었
다. 발버둥 치는 옥수의 옷을 벗겼다. 대여섯 명의 여자애들
이 그 현장에 있었다. 가장 중요한 달미도 있었고, 나도 있었
다. 내가 그 자리에 없었다면 이 얘기를 어떻게 알겠는가. 지
금 나는 솔직해지려 노력하고 있다. 그리고 이건 반성문이 아
니다.

"벗어!" 추종자가 공연히 외쳤다. 측은하고 안쓰러웠다. 미
안하지만 달미는 너한테 관심이 없어. 괜한 짓 하지 마. 나는
온몸으로 느끼고 있었다. 이건 달미가 내게 내는 시험이라는
사실을. 가슴이 자부심으로 뻐근해졌다. "벗으라고! 미친년.
너는 미친년이야. 네가 벗는 건 되고 내가 벗기는 건 안 돼?
벗으라고 미친년아!"

드잡이를 당한 옥수가 으어어으어어어, 하는 기괴한 소리
를 내며 이리저리 휘청거렸다. 옷자락 안에서 허우적거렸다.

달미는 표정에 미동이 없었다. 내 쪽을 보지도 않았다. 나를, 나만 보고 있다는 뜻이었다. 나는 추종자의 어깨에 손을 얹었다. 그 저열한 계집애는 놀라서 얼어붙었다. 내가 비키라는 뜻으로 고갯짓하자 고분고분 옥수에게서 물러났다. 안도하는 기색이 역력했다. 누가 말려 주기를 바랐던 것이다. 나는 큰 힘들이지 않고 옥수의 옷을 벗겼다. 마치 목욕을 시키러 온 사회복지사라도 된 것처럼. 백 번도 넘게 그 일을 해 온 것 같았다. 취미가 아니라 직업적으로 해 온 것 같았다. 괴롭힘에 재능이 있는 걸까? 무단 횡단을 하지 않고 길에 껌을 뱉지 않고 전단지를 버리지 않는 도덕적인 사람도 특수아를 괴롭힐 수 있다. 마음의 가장 작고 가장 여린 부분이 영구히 괴사해 버린 기분이었다. 지루하고 따분해서 하품이 나올 것 같았다. 아무런 맥락도 없이 옷 가게 아줌마의 칭찬이 떠올랐다. 애가 참, 참을성이 많네. 영어 선생님한테 하고 싶었던 말도 떠올랐다. 선생님 잘못이 아니에요. 마지막으로 나는 옥수의 팬티를 벗겼다. 구불구불하고 불결한 음모가 드러나 보였다. 자폐아도 음모가 난다. 옥수는 완벽한 알몸 상태가 되었다. 응, 나는 능숙했다. 썩 훌륭했다.

그건 달미의 귀여운 복수에 지나지 않았다. 달미는 나로 하여금 옥수의 팬티를 벗기게 함으로써 내게 복수했다. 복수

라는 말이 너무 거창하고 역겹게 느껴진다. 앙큼한 것, 그 정
도였을 것이다. 달미는 진혁에게 마음이 없었다. 사귀든지 말
든지, 그 정도였다. 그 정도였다. 지금껏 진혁이 달미에게 연락
한 건 내 마음을 알아내기 위해서였다. 달미는 진혁이 자기를
좋아하지 않는 데 자존심을 다치는 애가 아니었다. 달미는 조
금도 개의치 않았다. 예쁜 아이는 너그러운 법이다. 그럼에도
달미는 복수했다. 내가 진혁과의 연애를 비밀에 부쳤기 때문
에. 우리가 달걀찜 맛 키스를 한 뒤였음에도.

달미는 공업고등학교에 다니는 오빠와 교제를 시작했다.
어린 구애자들은 완벽한 패배를 인정해야 했다. 공고, 는 우
리 중학생들에게 배꼽 냄새 같은 거였다. 불쾌하고 찝찌름하
지만 꼭 맡게 되는 냄새. 안 맡으면 서운한 냄새. 우리에게 공
고생이란 절대 저렇게 안 되어야지 싶다가도 그렇기에 더 선
망하게 되는 대상이었다. 벗어날 수 없는 늪이자 덫이었다.
코끼리를 생각하지 마세요, 하면 코끼리만 생각하게 되는 것
처럼.

달미가 진혁을 원하지 않았다는 사실은 내게 모멸적이었
다. 진혁이 전보다 시시하고 우습게 느껴졌다. 공고 오빠와 자
꾸 비교하게 되었다. 진혁이 너무 어린 것 같았다. 덜 음험하
고 덜 매력적이었다. 우리의 연애는 빛바랬다. 시작되기도 전
에 끝났다. 텀블링을 못하는 진혁. 두 발로 멋지게 착지하는

게 아니라 등으로 고꾸라지는 진혁. 퍽. 퍽. 퍽. 열 번 시도해 열 번 다 실패한 진혁. 벌이라도 서듯 기어이 열 번을 다 채운 고집스러운 진혁. 텀블링을 못한다는 사실을 알아서 땅바닥의 돌과 자갈을 미연에 치운 용의주도한 진혁. 내게 진혁을 사랑할 자격이 있을까?

달미와 나와 진혁은 학교가 끝나면 공고 오빠의 아지트에 놀러 갔다. 정확히는 공고 오빠가 오토바이로 달미를 태우러 왔고, 진혁과 나는 버스를 타고 두 사람이 기다리고 있을 아지트에 갔다. 왜냐하면 오토바이는 2인승이니까.

공고 오빠의 집은 컨테이너였다. 그래서 집보다는 아지트라는 말이 어울렸다. 섬유 유연제 냄새가 진동하는 곳이었다. 들어가면 좋은 향기가 났지만 삼십 초만 지나면 바로 두통이 왔다. 두개골이 으깨질 것 같았다. 공고생의 집에 섬유 유연제 향이 나도 되는 걸까? 부적절하게 느껴졌다. 진혁과 내가 도착하면 오빠는 바닥에 이부자리 두 채를 깔았다. 광택으로 번적거리는 연분홍색 프릴 이불이었다. 진혁과 내가 이쪽에 눕고 달미와 오빠가 저쪽에 누웠다. 우리 네 사람은 누워서 각자의 짝과 키스를 했다. 잡담이나 농담이나 대화나 장난 없이 진지하게 키스만 했다. 지금 생각해 보면 괴이하기 짝이 없다. 누가 더블데이트를 그런 식으로 한단 말인가. 그러나 그때로서는 이상하게 느껴지지 않았다. 밥을 먹고 똥을 싸고 잠을 자는 것처럼 자연스러웠다.

달미와 공고 오빠가 어디까지 갔는지는 모르겠다. 가슴을 만졌을까? 아니면 거기를…… 만졌을까? 섹스를 안 했던 건 분명하다. 그건 역동적이라 모르려야 모를 수가 없으니까. 저쪽은 쥐 죽은 듯 조용했다. 설마 잠든 건 아니겠지. 이쪽은, 나와 진혁은, 키스만 했다. 다른 가능성은 아예 머릿속에도 없었다. 진혁은 어땠는지 모르겠지만. 혹시라도 손이 몸의 중요한 부분에 닿으면 놀라서 치웠다. 서로 안지도 않았다. 심지어 손도 잡지 않았다! 입술과 혀만 닿았다. 그런데도 지루하지 않았다. 몇 시간이라도 할 수 있었다. 진혁의 입안은 너무 재밌었다. 샅샅이 알아내야 하는 지도 같았다. 십자말풀이 같았다. 컨테이너 안에서는 시간이 유동성 고체처럼 흘렀다. 입술이 따가워졌다. 침 냄새가 났다. 섬유 유연제 냄새와 섞여 어지러웠다.

평화로운 시간이었다. 지독한 섬유 유연제 냄새만 빼면. 우리는 어렸지만 일흔 살 먹은 노인네처럼 온건하게 키스했다. 격정이나 짜릿함과는 거리가 멀었다. 편안하고 뭉근했다. 부족한 부분은 전혀 없었다. 진혁도 그랬기를 바란다. 아지트에서 달미 커플과 헤어지면 나는 전단지를 붙이러 갔다. 직업인의 삶은 그런 것이었다. 하고 싶은 걸 하고 싶어 할 수 없는 것. 하고 싶은 것 때문에 하기 싫은 걸 해야 하는 것. 예스에서 팬티를 사려면 부지런해져야 했다. 잠깐, 키스 말고 다른 가능성은 머릿속에 아예 존재하지 않았는데. 있었나 보다.

대개 진혁도 따라왔다. 아파트 꼭대기 층에서부터 한 층씩 내려왔다. 진혁이 전단지를 들어 주면 내가 현관문에 붙였다. 진혁은 스카치테이프를 적당한 크기로 잘라 다섯 손가락 끝에 준비했다가 필요할 때마다 손을 내밀었다. 훌륭한 조수였다. 기왕 도와줄 거면 각자 흩어져서 붙이는 게 효율적이지 않을까? 내가 물었다. 그럼 팬티를 더 빨리 살 수 있는데, 같은 얘기는 하지 않았다. 진혁이 웃더니 15층과 14층 사이에서 내 손을 잡았다. 스카치테이프가 붙은 손이었다.

나는 러브장을 만들기 시작했다. 팬시점에서 표지에 하트가 그려진 스프링 노트를 샀다. 달미와 커플로 핸드폰 고리를 샀던 팬시점이었다. 이 물건 저 물건 들었다 놨다 하며 세 시간 가까이 고심한 끝에 반짝이 펜과 48색 색연필과 휘황찬란하고 허접한 하트 스티커를 샀다. 5000원이라는 거금이 들었다. 전단지 500장을 붙여야 했다는 뜻이다. 나는 노트 첫 장을 구겼다 펴서 다음과 같이 적었다. '이것은 쓰레기가 아닙니다. 당신을 위해 버린 제 자존심입니다.'

나는 사뭇 진지했다.

'세상에는 초코우유도 있고, 딸기우유도 있고, 바나나우유도 있지. 너에게만 주고 싶은 우유는? 아이 럽 우유.'

'마누라 님께서 메시지를 보내셨습니다. 핸드폰의 용량이 부족하여 세 글자만 수신됩니다. 사랑해.'

'키싱구라미는 짝이 죽으면 살지 못한대. 외로워서 죽기도 하고 굶어 죽기도 한대. 근데 어쩌지? 나도 키싱구라미가 되어 버렸어. 너가 없으면 살지 못하니깐.'

'바람 예방접종. 아파두 참아! 바람 예방접종 맞구 너, 바람 피우면 안 돼!'

'이 실의 끝을 찾아 봐. 이 실의 끝을 찾는 날이 너와 내가 끝나는 날이야!'

'햇살이 눈부신 날에는 유리병에 조금 담아 두고 싶어. 너의 마음이 흐린 날에 너에게 선물하려구.'

'색맹검사. 위에 사랑이라는 글자가 보여? 뭐? 안 보인다구? 그럼 넌 내 사랑에 눈이 먼 거야!'

'어느 날 밤하늘에 별이 하나도 없다면 제가 다 따 간 줄 아세요. 사랑하는 사람 주려고 다 따 간 줄 아세요.'

'비닐은 1000년이 지나도 썩지 않는대. 그래서 내 사랑을 비닐에 담았어. 우리 사랑 1000년이 지나도 변함이 없도록 말야.'

'내 이름이 사랑해였으면 좋겠어. 그럼 너가 나를 부를 때

마다 사랑해 할 테니까 말야!'

다시 한번 말하지만, 나는 사뭇 진지했다.

나는 러브장에 진혁의 이름을 적지 않았다. 진혁에게 줄 거였지만, 이름을 적지는 않았다. 이름이 들어가야 하는 자리는 공란으로 남겨 두었다. 나는 그 러브장을 다른 사람에게 건넬 거라는 사실을 알고 있었다. 그리고 우리는 아직 서로를 몰랐다.

러브장은 수업 시간에 만들었다. 어차피 나는 여상에 가게 될 운명이었다. 공부 따위 할 필요가 없었다. 실수로라도 공부를 잘하게 되면 곤란했다. 나는 공부를 못해야 했다. 잘하는데 엄마 때문에 인문계에 못 가면 억울할 것 같았다. 선생님이 판서하느라 돌아 있을 때 몰래 그림을 그렸다. 이쪽을 보면 얼른 교과서 밑에 숨겼다. 작업이 더뎠다. 마음이 조급했다.

기술 가정 시간이었던 걸로 기억한다. 나는 키싱구라미에 색칠을 하고 있었다. 갑자기 교실이 너무 조용하다는 생각이 들었다. 고개를 들었더니 선생님이 내 러브장을 내려다보고 있었다. 반 아이들 전원이 숨죽인 채 선생님과 나를 바라보고 있었다. 겁에 질렸거나 흥미진진한 표정이었다. 따귀를 기다리는 듯했다.

"그림을 잘 그리는구나."

선생님은 그렇게만 말하고 교탁으로 돌아갔다. 음 소거를 해제한 듯 교실에 백색소음이 채워졌다. 의자 삐걱거리는 소리, 책장 넘기는 소리, 잡담하는 소리. 그림을 잘 그리는구나. 어쩌면 그건 우아한 방식의 훈계였는지도 모른다. 살면서 들어 본 칭찬이 '참을성이 많네.'뿐이었던 내가 그 말을 어떻게 받아들였는지에 대해서는 많은 설명이 필요치 않으리라. 나는 운명의 수레바퀴가 돌아가는 소리를 들었다. 여실히 들었다. 그 소리는 몸 안에서 들렸다. 훗날 나는 월드컵 때 어린이의 볼에 축구공을 그려 주는 미대 자원봉사자가 된다. 이도 저도 아닌 애매한 재주를 지닌, 가난하고 행복한 백수가 된다.

"너희 형부한테는 얘기하지 마." 위례 신도시의 아파트에서 언니가 당부했다.

외주 일로 오랜만에 돈이 생겨 빚을 갚으려 할 때였다. 입시 미술 학원비며 재료비며 대학 등록금이며 다 언니가 대 준 터였다. 그림을 그리고 싶다고 했을 때 엄마는 노발대발했다. 아빠는, 휴, 말을 말자. 가증스럽게도 언니는 부모님을 변호했다. IMF 때 부도가 난 뒤 아빠는 용기를 잃었을 뿐이며 엄마는 한계를 받아들였을 뿐이라고. 허. 결혼할 때 언니는 형부에게 재정 상황을 축소해 꾸며 냈다. 친정 뒷바라지를 위해서, 그러니까 비상금을 확보하기 위해서였다. 내게 돈을 빌려줬다는 사실도 숨긴 모양이었다.

거실 벽에 금색 숫자 풍선이 매달려 있었다. 9 0 0. 뭐냐고 물었더니 서빈이 태어난 지 900일째라고 했다. 900일이 기념할 만한 날인가? 365일도 아니고 1000일도 아니고, 900일이? 언니의 카톡 프로필을 눌러 보니 '서빈이+900'과 '호떡이-27' 이라고 적혀 있었다. 빨간색 하트를 붙여서. 숫자는 하루하루 자동으로 갱신됐다. 나는 서빈과 곧 태어날 호떡이 부러웠다. 자식이 며칠이나 살았는지 정성스레 기념하는 엄마를 두었다는 사실이. 서빈과 호떡은 매일이 생일이었다. 매일이 축하할 날이었다. 언니가 내 엄마였으면 했다. 엄마는 내가 몇 월 며칠에 태어났는지 몰랐다. 그걸 정확히 기억해야 했던 순간에도. 어떻게 엄마 같은 사람한테서 언니 같은 사람이 나왔을까? 신기한 일이었다.

"요새도 가렵니?" 언니가 물었다.

"게에 근접해지고 있어."

언니가 아 참, 하더니 부엌으로 향했다. 만삭이라 걸음걸이가 굼떴다. 배스킨라빈스 쇼핑백 안에 뭔가를 챙겼다. 집에 갈 때 가져가라고 했다.

"뭔데?"

"돼지감자차. 피부에 좋대. 열을 내려 준대. 티브이에서 박사가 그러더라, 열이 피부에 독이라고. 티백이니까 뜨거운 물에 넣고 기다리기만 하면 돼. 물 끓이는 것도 귀찮아?" 언니가 갑자기 역정을 냈다. "너는 애가 왜 그래?"

"왜 화를 내."

"화낸 거 아니야." 언니가 화내면서 말했다. "화낸 거 아니야."

내가 굉장하네, 하고 말했다. 언니가 반사적으로 웃음을 터뜨렸다. '굉장하네.'가 없었다면 언니와 나 둘 중 하나는 지금쯤 이 세상 사람이 아니었을 것이다. 태동이 느껴지는지 언니가 배를 쓰다듬었다. 호떡도 웃었나 보다.

"돼지감자 처음 들어 봐. 감자도 차로 마시나?" 언니는 생활 정보 프로그램 중독자였다. 환이나 분말 형태로 가공한 보리 새싹, 아로니아, 차전자피, 기타 등등, 기타 등등을 홈쇼핑에서 샀다. 현관문 앞에 택배 박스가 놓이지 않는 날이 단 하루도 없었다.

"감자 아니야." 언니가 말했다.

"돼지야?"

언니가 질린다는 듯 나를 봤다. "국화 뿌리 같은 거야."

"알레르기 검사했더니 프랑스 국화에 민감도가 높댔는데."

"프랑스 국화 아니고 그냥 국화니까 그냥 마셔. 그냥 마시라고." 언니가 또 화를 냈다. "설마 내가 너를 죽이겠니? 잔말 말고 하라는 대로 좀 해. 그냥 마시라고. 너는 애가……."

"굉장하네."

금색 풍선 하나가 떨어졌다. 9였다. 내 생일에도 9가 들어갔다. 나는 9를 만져 보았다. 뽀득거리는 소리가 났다.

낮잠에서 깬 서빈이 방에서 나와 아장아장 걸어왔다. 서빈은 걸을 줄 알았다. 말도 할 줄 알았다. 이도 다 났다. 으스스한 일이었다. 서빈이 내 머리카락 안에 손을 집어넣더니 무언가를 골라냈다. 벚꽃 잎이었다. 위례에 오면서 벚나무 길을 걸었는데 그때 머리에 떨어졌나 보다. 어제까지만 해도 길에 꽃잎이 하나도 없었는데, 가지가 꽃잎을 단단히 붙들고 있었는데, 오늘은 아니었다. 바람이 많이 불었다. 등 뒤에서 바람이 커다란 공처럼 굴러와 몸을 밀었다. 다리에 힘을 풀어도 저절로 걸어졌다. 꽃비가 토네이도처럼 휘몰아쳤다. 꽃은 식물의 생식기라는 말이 떠올랐다. 산책하던 사람들이 하늘을 올려다보며 생식기 사진을 찍었다. 행복해 보였다. 벌써 가지에 초록색 잎을 매단 나무도 있었다. 4월은 어제와 오늘이, 오늘과 내일이 다른 달이었다. 4월이었다. 4월 9일이 내 생일이었다. 서빈은 900일이었다.

"생일 축하해." 언니가 말했다.

생일, 빚 갚으러 오기 좋은 날이었다. 생일이긴 하지만 엄밀히 말해 태어난 날은 아니었다. 물론 태어난 날일 수도 있었다. 잔인한 마음으로 날을 골라잡은 건 아니었다. 어쩌다 보니 그렇게 되었다. 우연이었다. 생일 축하합니다, 의 개사 버전이 떠올랐다. 왜 태어났니. 왜 태어났니. 나는 주머니에서 하리보를 꺼내 매일이 생일인 서빈에게 내밀었다. 900일 축하해. 이 정도 크기의 젤리면 세 살배기 아이의 기도를 막기에 충분할까? 그냥 먹어. 잔말 말고 그냥 먹으라고. 설마 내가 너를 죽이겠니?

"밥 먹고 가." 언니가 소파에서 일어나며 말했다. 호떡 때문에 몸이 무거운지 힘겨워 보였다. 임신부처럼 보였다. 당연한가? "미역국 끓여 줄게."

"언니 미역국 싫어하잖아." 엄마에게 사주받은 옷 가게 아줌마로부터 미역을 세뇌당했다는 사실을 깨달은 언니는 미역을 싫어하게 되었다. 좋아했지만 싫어하게 되었다. 깡촌에서도 딱 한 모금만 마셨다. 다시 좋아하게 되었나?

"내가?"

"언니나 먹어. 나는 소고기 먹으러 갈 거야." 나는 돼지감자차가 담긴 쇼핑백을 챙겼다. "등록금 고마웠어. 형부한테는 비밀로 할게."

부모님한테 돈을 주거나 빌려주지 말라는 주제넘은 얘기는 하지 않았다. 재산이 없다고 형부를 속였듯이 부모님에게도 똑같이 하면 된다는 얘기도. 내가 무슨 권리로? 언니를 위해서 써, 엄마나 아빠나 나를 위해서가 아니라. 형부나 서빈이나 호떡을 위해서가 아니라. 돼지감자 같은 것도 사지 마. 세상

에, 돼지감자라니. 언니가 부모님에게 내 뒤치다꺼리를 하겠다
고, 감히, 선언했을 때 나는 언니가 그렇게 하도록 내버려 뒀
다. 언니를 위해서였다. 언니는 그 짓이 내게 상처라는 걸 몰
랐다.

　서빈이 하리보와 꽃잎을 양손에 쥔 채 나를 배웅하러 나
왔다.

**4**

온조중학교에는 생일자에게 몽쉘을 선물하는 풍습이 있었다. 한 상자에 여섯 개 들었고, 2000원가량 했다. 매점에 구비되어 있었다. 친하지 않아도 인사하는 사이 정도면 몽쉘을 선물했다. 야, 나 오늘 생일이야. 그래? 여기 몽쉘. 결혼 축의금과 비슷한 개념이었다. 품앗이였다. 애들이 징그럽게 많았기 때문에 매일이 생일이었다. 내가 전단지 아르바이트를 하루도 쉬지 못한 이유다.

4월 9일이었다. 복도 바닥에 벚꽃 잎이 떨어져 있었다. 내게 몽쉘을 받았거나 앞으로 받게 될 아이들이 몽쉘을 선물로 줬다. 사물함 위에 하나씩 쌓았는데 거의 천장까지 닿았다. 신기록이었다. 심지어 달미보다 많이 받았다! 달미는 평소 받기만 하고 주지 않았기 때문에, 예쁜 애들은 그래도 된다, 자기 생일에 수확이 적었다. 달미는 천장까지 쌓인 몽쉘 박스가 그간 내가 해 온 노력의 결실이라는 걸 몰랐다. 혹은 인정하기 싫어했다. 한번 흘긋 올려다보더니 무너지겠다, 사물함에 좀 넣어, 하고만 통명스레 말했다. 고소했다. 물론 나는 몽쉘을 사물함에 넣지 않았다. 몽쉘의 목적은 섭취가 아니라 전시에 있었다. 생일은 누가 몽쉘을 더 많이 받는지, 누구의 교우 관계가 더 좋은지를 증명하는 장이었다. 나는 예전의 내가 아니었다. 달미와 단짝이고, 본관의 진혁과 사귀는 중이고, 수많은 몽쉘을 받았다. 왕따였던 나는 잊어 줘. 옥수가 복도를 돌아다니며 사물함을 주먹으로 쳤다. 나는 괴로워하는 옥수를 외면했다. 내 몽쉘 탑이 허물어질까 봐 두려울 뿐이었다. 이 선물들은 강당의 무거운 자주색 벨벳 커튼 뒤에서 옥수의 팬티를 벗겨서 받은 상이었다.

저 많은 걸 어떻게 집으로 운반할지가 문제였다. 막둥이 삼촌이 하교 시간에 맞춰 데리러 왔다. 부득이했다. 불가피했다. 내가 아는 사람 중 차를 가진 사람은 막둥이 삼촌뿐이었다. 다행히 낙지 요리점이 한가해 삼촌이 올 수 있었다. 낙지 요리점은 망할 운명이었다. 운명으로의 위대한 첫발을 내딛고 있었다. 오픈 기념행사의 그 어쭙잖은 무료 시식회가 문제였다. 공짜로 먹었던 음식을 돈 주고 사 먹고 싶어 하는 사람이 세상에 어디 있을까?

"딸랑구!" 막둥이 삼촌이 운전석 창문을 내리고 손을 흔들었다.

우리는 몽쉘을 무쏘 뒷좌석에 실었다. 나는 좀 긴장하고 있었다. 삼촌이 감탄하기를 바랐다. 저는 귀한 사람이에요, 이렇게 선물을 많이 받을 수 있는 사람이에요, 외치고 싶었다. 저는 귀해요. 예전에는 아니었지만요. 갑자기 외할머니 생각이 났다. 내 외할머니는 삼촌의 엄마였다. 삼촌에게는 엄마가 있었다. 나는 그 사실이 항상 신기했다. 훗날 외할머니는 백신을 맞고 부작용으로 패혈증에 걸려 사망한다. 외할머니는 병원에서 아주 말썽꾸러기 환자였다. 호흡기며 주삿바늘이며 몸에 붙은 이런저런 장치를 뜯어내려 안달이었다. 집에 보내 달라고 떼썼다. 병원에서는 이를 긍정적인 신호로 해석했다. 아직 힘이 있는 거예요. 그러면서 할머니 손에 보호구를 씌워 침대 난간에 결박했다. 할머니는 얼마간 반항하다가 이내 집에 돌아가기를 단념했다. 보호구 씌운 손으로 침대 난간을 탕탕 내려치지도, 다른 환자들을 잠 못 들게 하지도 않았다. 눈동자가 초점 없는 회색이었다. 병원 분들께는 죄송하지만 나는 할머니가 말썽을 부렸으면 싶었다. 외할머니는 이런저런 연명 치료를 하다가 죽었다. 연명 치료를 하지 않겠다는 서명을 정신이 멀쩡할 때 보건소에서 해 뒀는데, 패혈증으로 의식이 밭아져 주치의가 절차상 보호자에게 확답을 들어야 했을 때 삼촌들이 반대했다. 엄마와 이모는 삼촌들을 설득하지 못했다. 고통이 지속되었다. 장례식 날 언니는 서빈을 임신 중이라 오지 못했다. 임신부는 장례식장에 오지 못한다는 법이 있었다. 형부도 안 왔다. 부정을 타면 안 되었기 때문이다. 언니와 아직 결혼을 안 해서인지도 몰랐다. 입관 때 할머니는 분홍색 비단에 포장되어 있었다. 염장이가 리본을 풀어 할머니의 얼굴을 드러냈다. 생각보다 멀쩡한 얼굴이었다. 죽은 사람의 얼굴이라고는 생각되지 않았다. 엄마 사랑해, 하고 엄마가 엉엉 울었다. 고생했어. 거기서는 아프지 말고 편히 살아. 엄마는 수건으로 눈물을 닦았다. 울기 위해 수건을 챙겨 온 것이었다. 아빠는 가만히 서 있었다. 아빠는 엄마와 별거 중이었고 이혼 얘기가 오가는 상황이었지만 서류상으로는 혼인 상태였다. 그래서 장례식장에 왔다. 이모가 엄마 어깨에 기대서 울었다. 이모부는 장모님, 하고는 목이 메어 말을 맺지 못했다. 열 명가량의 사촌 동생이 콧물을 훌쩍거렸다. 큰삼촌과 작은삼촌은 울었던가. 내 뒤에 서 있어서 확인할 수 없었다. 큰 숙모와 작은 숙모는 이혼해서 그 자리에 없었다. 막둥이 숙모만 이혼을 안 해서 있었다. 유일한 며느리였다. 염장이가 할머니를 관에 집어넣기 위해 팔다리를 꽁꽁 동여맸다. 막둥이 삼촌이 울 엄마 답답한 거 싫어하는디, 하고 흐느꼈다.

다 큰 남자가 우는 모습은 처음이라 어안이 벙벙했다. 염장이는 삼촌을 안심시켰다. 곧 풀어 드릴 거예요. 상주인 큰삼촌이 관에 할머니 이름을 적었다. 화장할 때 혹시라도 바뀌면 안 되었기 때문이다. 글씨가 개발새발이었다.

막둥이 삼촌은 몽쉘을 날라 준 뒤 혹시 손님이 왔을지 모를 낙지 요리점으로 향했다. 집에 아무도 없었다. 눈썹에 마취 크림을 바르고 랩을 붙인 아줌마들도 없었다. 다 같이 꽃구경이라도 갔나. 혹시 생일 케이크가 있을까 하고 냉장고를 열었지만 아무것도 없었다. 나는 몽쉘 상자를 발로 차 방으로 옮겼다. 아무도 봐 주지 않는 몽쉘은 의미가 없었다. 쓸모가 없었다.

침대는 비어 있었다. 당연한가? 원래는 언니와 내가 같이 쓰던 침대였다. 언니가 깡촌으로 떠나기 전까지 우리는 한 침대에서 잤다. 언니가 벽 쪽에서, 내가 바깥쪽에서 잤다. 언니는 아늑한 걸 좋아했고 나는 답답한 걸 싫어했기 때문이다. 언니가 떠난 뒤 나는 언니가 자던 안쪽 자리에서 잤다. 이제 혼자 쓰는 침대였지만 꼭 반만 사용하게 되었다. 좁게 자던 버릇은 고쳐지지 않았다. 아침에 일어날 때마다 어깨가 결렸다.

나는 방바닥에 아무렇게나 팽개쳐진 몽쉘들 사이에 누웠다. 내가 첩보 영화 주인공이라고 가정했다. 딱 달라붙는 유광 가죽 슈트를 입은 스파이. 닿으면 폭탄이 터진다는 듯 상자들을 피해 조심하며 누웠다. 그런 다음 우수에 젖었다. 왜 태어났니. 바닥에 먼지가 1센티미터 두께로 쌓여 있었다. 나는 침대를 올려다봤다. 침대 위로 손을 뻗었다. 싱글 사이즈 매트리스를 가만히 쓸어 보았다. 거인이 아닌 이상 팔이 벽 쪽 자리까지 닿지는 않을 것 같았다.

핸드폰이 울렸다. 언니가 보낸 문자였다. 봄옷을 가져다 달라는 부탁이었다. 지난번 도시락을 싸 들고 깡촌에 방문한 뒤부터 언니는 내게 심부름을 시키곤 했다. 찾아오는 게 불가능하지 않다는 걸 안 것이다. 아무래도 버릇을 잘못 들인 것 같았다. 나는 핸드폰 폴더를 닫았다. 봄옷 같은 소리 하고 있네. 나도 이제 열네 살이야. 심부름할 나이는 지났다고. 다시 태어나면 맏이가 되고 싶었다. 동생에게 심부름을 시키고 싶었다. 불 꺼. 물 떠 와. 불 켜. 사는 게 얼마나 편할까. 아니면 달미처럼 외동딸이 되고 싶었다. 달미의 과묵한 어머니는 달미의 생일날 케이크를 샀을까? 초에 불을 붙였을까? 달미는 생일에도 식탁에서 먼저 일어났을까?

슬슬 전단지를 붙이러 가야 했다. 선물을 나르느라 아지트에도 못 갔다. 공고 오빠의 섬유 유연제 향 컨테이너가 그리웠다. 진혁의 입술이 그리웠다. 진혁과 내가 없는 아지트에서 달미와 공고 오빠는 무얼 할까. 드디어 역동적인 행동을 할까?

마음 놓고 신음 소리를 낼까? 달미가 틴트를 유두와 거시기에 바른다는 사실을 알면 공고 오빠는 놀라 까무러칠 것이다. 달미는 피부가 까맸다. 본 적은 없지만 아마 다른 데도 까말 것이다. 무릎에는 왜 바르는지 알 수 없었다. 그렇게 하면 섹시해 보인다고 했는데 선뜻 이해하기 어려웠다. 틴트를 만든 미샤 연구원은 그게 입술뿐 아니라 몸 이곳저곳에 발리리라고는 꿈에도 상상하지 못했을 것이다.

달미는 내게 몽쉘을 선물하지 않았다. 절교하자는 뜻인가. 아니, 우리의 우정은 안정기에 접어들었다. 나는 마음 졸이지 않았다. 진혁은 별관에 행차해 몽쉘을 딱 한 상자 건네고 돌아갔다. 헤어지자는 뜻인가. 아무리 그래도 여자 친구인데. 나중에 진혁의 생일에 나도 한 상자만 선물하면 너무 치사한 걸까. 문득 막둥이 삼촌이 가게에 무사히 도착했을지 궁금했다. 화분들은 잘 크고 있을지 궁금했다. 막둥이 숙모 배 속에 생긴 아기가 잘 자라고 있을지 궁금했다. 아까 삼촌을 배웅할 때 나는 미안해요, 하고 말했다. 고마워요, 가 더 자연스러운 상황이었는데도. 멍청이. 나는 방바닥에서 상자들을 밀치며 마구 몸부림쳤다. 몽쉘은 폭발하지 않았다. 대신 핸드폰이 부르르 떨렸다.

'갖다주면 만 원.'

나는 일어나 옷장을 뒤졌다.

언니에게 봄옷을 배달하고 집에 돌아가기 위해 먼지 날리는 흙길을 걷고 있는데 검은색 세단이 옆을 지나갔다. 쌍용자동차에서 나온 체어맨이었다. 하단에 은색 띠가 둘려 있어 범고래를 연상시켰다. 내가 차종을 정확히 기억하는 건, 회사가 부도나기 전에 아빠가 탔던 차였기 때문이다. 나는 오 분 뒤 버스 정류장에 도착했다. 체어맨이 정차해 있었다. 문을 열고 조수석에 앉았다.

"안녕하세요, 차장님."

내가 왜 그 차에 탔는지는 설명하기 어렵다. 어릴 때 타던 익숙한 차라서? 무심결에? 아니, 나는 우리가 잘 아는 사이라고 생각했다. 차에 타자마자 나만 차장님을 알고 있다는 사실을 깨달았다. 나는 깜짝 놀랐고, 차장님이 너무 자연스럽게 안녕? 하고 인사해서 마음이 놓였다. 낯선 사람이 별안간 자기 차에 탔는데 차장님은 얼마나 식겁했을까. 창피해서 죽고 싶었다. 바보 같으니. 버스가 다가오는 모습이 사이드미러로 보였다. 그제야 비상등 깜빡이는 소리가 들렸다. 다짜고짜 내리면 이상한 애라고 생각하지 않을까? 이미 다짜고짜 타 버린 마당에? 고민은 길지 않았다. 차장님이 버스에 자리를 비켜 주기 위해 차를 출발시켰기 때문이다.

"언니 심부름?" 차장님이 앞을 바라본 채 물었다.

나는 놀랐다. "저희 언니를 아세요?"

경리 봐 주시는 분 아닌가? 하고 차장님이 약간 혼잣말처럼 중얼거렸다. 어찌 된 일인지 차장님은 언니뿐 아니라 나도 알고 있었다. 지난번 구내식당에서 봤다고 했다. 도시락을 나만 먹고 있어서 기억에 남았다고. 미역에 원수진 사람처럼 보였다고. 언니가 내 자랑을 많이 해서 건너건너 자기 귀에까지 들리더라고. 쟤가 걔구나, 하고 알아봤다고. 도시락 얘기는 맞는데, 언니가 내 자랑을 했다고? 나는 언니의 이름을 말했다. 차장님이 얘기하는 사람이 내 언니가 맞는지 확인했다. 언니였다. 나는 공부 잘하고 착실한 소녀로 깡촌에서 유명해져 있었다. 오싹해서 기절할 것 같았다. 언니가 증오스러웠다. 그들은 사물함 위에 양반다리로 앉는 내 문란한 취미를 몰랐다. 내가 매일 아지트에서 진혁과 키스한다는 사실을 몰랐다. 내가 여상에 가야 한다는 사실을, 언니처럼 경리가 되어야 한다는 사실을 몰랐다. 그게 엄마의 청사진이었다. 나중에 여기 일하러 온다면 비웃음을 사겠지? 딱하다는 듯 혀를 찰지도 모른다.

"언니를 너무 미워하지 마." 문득 차장님이 말했다.

나는 소스라쳤다. 내 마음이 들리나? 하마터면 심장이 멎을 뻔했다. 심장이 잘 붙어 있는지 노크해서 확인해 봐야 할 지경이었다.

"심부름 귀찮은 거 알아. 나도 막내라 심부름 많이 했거든.

언니는 네가 보고 싶은 거야. 용돈도 주고 싶었을 테고. 그냥 주기에는 쑥스러우니까 심부름시켰을 거야."

나는 네에, 하고 조신하게 대답했다. 일단은 착실한 소녀처럼 행동하자. 원했든 아니든 그렇게 알려졌으니까. 혹시라도 차장님에게 속마음을 듣는 능력이 있을까 봐 생각을 자제했다. 뭐 해? 하는 목소리가 옆에서 들렸다. 그러자 입속에 곰 모양 젤리 모양 비즈가 있었다. 비즈를 빨고 있었나 보다. 행복하거나 불안할 때마다 꼭 그렇게 되었다. 달미와 커플로 맞춘 핸드폰 고리였다. 영원히 녹지 않는 젤리였다. 연노란색이었고 가끔 무지갯빛이었다. 반사된 빛이 달미의 인중에 앉았다가 벽 모서리로 달아났다. 입안에서도 비즈는 빛날까. 나는 비즈를 뱉었다. 침이 늘어나서 얼른 교복 치맛자락에 닦았다.

"바람 쐐요."

그러자 차장님이 창문을 내려 바람이 들어오게 했다. 나는 바람을 쐤다. 바람은 폭신하고 미지근했다. 춥지도 않고 따뜻하지도 않았다. 바람이 뺨을 어루만졌다. 이해받는 기분이 들었다. 깡촌 사람들은 내가 학주에게 따귀를 맞았다는 사실을 모른다.

차장님이 이쪽을 힐긋 보는 게 느껴졌다. "그건 뭐야?"

"곰 모양 젤리 모양……." 이걸 뭐라고 해야 할까? 헷갈려서 짜증 났다. 눈물이 나려고 했다. "핸드폰 고리 비즈인데, 곰 모양인 젤리 모양……."

"아, 하리보."

나는 좌석과 문 사이에 핸드폰을 떨어뜨렸다. 낑낑대며 끄집어냈다. "하리보가 뭐예요?"

"독일에서 만드는 젤리." 거들먹거리는 말투는 아니었다. 차장님은 모르는 게 없었다. 그 사실을 자랑스러워하지도 않았다. 차장님은 내가 아는 누구와도 비슷하지 않았다. 엄마와도 아빠와도 언니와도 달미와도 공고 오빠와도 진혁과도 영어 선생님과도 기술 가정 선생님과도 옷 가게 아줌마와도 학주와도 막둥이 삼촌과도 그 누구와도.

앞 유리에 꽃잎이 투신했다. 소리는 들리지 않았다. 벚꽃잎은 가벼웠다. 창에 머물지 않고 금세 날아갔다. 벚나무가 길양옆으로 늘어서 있었다. 소실점 끝까지 가로수가 이어졌다. 분홍색 터널 같았다. 모험으로 가득한 별관 복도가 떠올랐다. 철제 사물함이 늘어선 복도. 자폐아가 똥을 싸고 뒷산에서 뱀이 내려오고 학주가 당구 큐대로 자기 허벅지를 두들기며 돌아다니는 복도. 내 인생이 그보다는 온화했으면 싶었다. 옥수의 괴성이 떠올랐다. 강당에서 본 옥수의 알몸도. 옥수만 생각하면 화가 났다. 사람들은 미안할 때 화를 낸다. 나는 그런 사람이 되고 싶지 않았다. 미안하다고 사과하거나 용서를 구하는 사람도 되고 싶지 않았다. 그건 너무 뻔뻔했다. 뻔뻔해지는 것과 화내는 것 중 무엇이 옥수에게 덜 나쁠까. 열어 둔 창문으로 꽃잎이 들어왔다. 바닥이 더러워졌다.

"좋은 날 태어났구나." 자기 머리에 앉은 꽃잎을 털어 내며 차장님이 말했다.


체어맨 안에서 나는 경천동지하고 천지개벽할 말을 들었다. 차장님으로부터 '예쁘게 생겼다.'는 말을 들었다. 처음에는 벚꽃 얘기인 줄 알았다. 그런데 아니었다. 찬물 세례를 받은 것처럼 몸이 얼어붙었다. 모욕당한 기분이 들었다. 따귀를 때리는 것보다 더 악질이었다. 내가 예쁘다고? 내가?

"아니." 차장님이 정정했다. "예쁘다고 안 했어."

그럼 그렇지. 귀신에 씌었던 모양이다. 헛것을 들은 게 분명했다. 말도 안 되는 소리. 머리가 어떻게 된 게 분명했다. 나는 미쳐 가고 있었다. 미친년! 너는 미친년이야! 강당의 커튼 뒤에서 달미의 추종자가 악을 질렀던 게 떠올랐다. 네가 벗는 건 되고 내가 벗기는 건 안 돼? 달미가 예쁜 건 되고 내가 예쁜 건 안 돼?

"예쁘다고는 안 했어. 예쁘게 생겼다고 했지."

뭐가 다르지? 아니, 내가 예쁘다는 건 아닌데, 알아, 나도 양심이 있다고, 근데 뭐가 다른데? 나는 좀 절박한 마음이 되었다. 차장님이 둘의 차이를 설명했다. '예쁘다.'는 가치판단이고 '예쁘게 생겼다.'는 사실판단이란다. 말인즉 나는 사실로서 예뻤다! 몽쉘이 천장에 닿은 것보다 기뻐지려고 했다. 길길이 날뛰는 마음을 단속하려 했지만 쉽지 않았다. 마음이 복도를 돌아다니며 괴성을 지르려고 했다. 살면서 처음으로 예쁘다는 말을 들었다. 아니, 예쁘게 생겼다는 말을 들었다. 참을성이 많네, 라는 떨떠름한 칭찬만 들었던 내가. 물론 기술 가정 선생님의 고견에 의하면 그림도 잘 그리지만. 그림에 대한 열정이 순식간에 사그라들었다. 처음부터 존재하지 않은 듯했다. 예쁘게 생긴 아이는 그림을 못 그려도 된다. 여상에 가도 된다. 어떻게 살아도 아무런 상관이 없다. 잘 보이기 위해 애쓰지 않아도 왕따를 안 당한다. 노력하지 않아도, 전단지 아르바이트를 하지 않아도 몽쉘을 받는다.

체어맨이 우리 집 대문 앞에 섰다. 차장님이 데려다줬다. 우리는 그걸 근사한 말로 '에스코트'라고 부른다. 아직 차장님의 사실판단을 채 음미하기도 전이었다. 버스를 타면 하세월인데 차로는 순식간이었다. 불공평했다. 나는 안전벨트를 풀고 혹시 빠뜨린 게 없는지 확인했다. 언니가 봄옷 배달의 대가로 지불한 만 원짜리 지폐와 핸드폰과 주머니 속 자질구레한 쓰레기, 이를테면 껌 종이, 저는 쓰레기를 길에 버리지 않는 모범 시민이에요, 혹은 회수권, 저는 그림에 재능이 있지만 다른 애들처럼 회수권을 위조하지 않아요, 혹은 동전, 아파트

한 라인을 계단으로 내려와야 벌 수 있는 돈이에요, 흘리기 십상인 동전, 이 동전 저 동전 등을 거듭 확인했다. 나는 미적거렸다. 차장님은 잠자코 기다렸다.

나는 별안간 두려움에 휩싸였다. 두려움이라는 감정을 마음속에서 찾아냈다. 현관문이 잠겨 있을까 봐 두려웠다. 안에서 잠금이 풀리고 문을 열면 연기에서 맛있는 냄새가 날까 봐 두려웠다. 너는 세뇌당한 거야. 미역을 좋아하도록. 네 입에 소고기를 넣어 주기 아까운 거야. 그 사람들은 그런 사람들이야. 오늘은 생일이니까 미역을 먹어도 괜찮은 거 아닌가? 언니에게 줄 도시락을 싸다가 무한으로 증식시킨 미역을 다 먹어 치운 지 얼마 되지 않았다. 매 끼니 배 속에 버리듯 먹었다. 엄마가 내린 형벌이었다. 서럽지는 않았다. 죄를 지었으면 벌을 받는 게 마땅했다. 좀만 천천히 먹을걸. 부엌에서 냄비 뚜껑을 열면 그 안에 미역국이 있을까 봐 두려웠다. 없을까 봐 두려웠다. 뭐가 덜 나쁠까? 사람은 슬플 때가 아니라 헷갈릴 때 눈물이 난다. 달미와의 첫 키스가 떠올랐다. 달미의 과묵한 어머니가 전자레인지로 만들어 준 달걀찜이 떠올랐다. 사각에서 설거지 소리가 들렸다. 텔레비전 안에서 우리는 카드로 만든 집처럼 기대어 있었다. 무지갯빛이 이리저리 도망갔다. 파렴치한 달미. 나쁜 년. 사람은 사람을 사용할 수 없어. 그 누구도 다른 누구를 사용할 수 없어. 나는 네 구애자를 자극하기 위해 태어난 게 아니야. 네 편리를 위해 태어난 게 아니야. 나는 예쁘게 생겼어. 나는 귀한 사람이야.

나는 체어맨 창문을 열었다 닫았다 못살게 굴었다. 차에서 내리고 싶지 않았다. 차장님도 내리라고 하지 않았다. 손님, 도착했습니다, 라고 하지 않았다. 차 안에서 쿨워터 냄새가 났다. 전형적인 남자 스킨로션 냄새. 파란색 냄새. 막둥이 삼촌한테서 나는 냄새도 이랬다. 내가 잘 아는 냄새였다. 아빠한테서 나는 냄새는 아니었다. 엄마를 죽도록 사랑하는 아빠는 스킨로션도 엄마 걸 썼다. 쿨워터, 차가운 물이라는 뜻이다. 쿨워터 냄새는 차가운 물에서 나는 냄새와 다르다. 그런데도 쿨워터, 라고 하면 누구나 같은 냄새를 떠올린다. 파란색 냄새. 남탕이나 헬스장 샤워실에서 나는 냄새. 나는 불행한 기억을 사랑했다. 불행에 집착했다. 마음속 보석함에 불행한 기억을 모았다. 내 사랑은 악취미였다. 그 체어맨 안에서 내가 몸을 긁었던가, 그건 기억나지 않는다. 기억해야 할 일들은 따로 있었다.

차장님의 집은 오피스텔이었다. 파견 나온 동안 머물 수 있도록 회사에서 제공한 숙소였다. '오피스텔'이라는 단어가 얼마나 멋지게 들렸던지. 비록 차장님은 둘러대듯 말했지만. 집안이 너저분한 건 그곳이 임시 거처였기 때문이다. 다른 이유는 없었다. 게을러서도 집안일에 소홀해서도 아니었다. 오피스텔은 정식 집이 아니었다. 가꿀 이유가 없었다. 와이셔츠가 의자에 아무렇게나 걸려 있었다. 독신자의 자취방이었다.

엄밀히 말해 독신자는 아니었다. 동오라는 똘똘해 보이는 꼬마 애가 거실 겸 부엌 겸 서재에 있었다. 컴퓨터게임에 열중한 모습이었다. 데스크톱 모니터 두 대가 나란히 놓여 있었고 노트북도 있었다. 우주선을 연상케 했다. 차장님의 아들이었다. 게이래, 구내식당에서 언니가 했던 말이 떠올랐다. 게이도 아들이 있을 수 있나? 아기는 정자와 난자가 만나서 생기는 것 아닌가? 동오의 엄마는 보이지 않았다.

차장님이 저녁을 준비하는 동안 나는 동오와 놀았다. 동오가 스타크래프트를 가르쳐 줬다. 동오의 주 종족은 저그였다. 오버로드 뽑아, 누나. 왜? 정찰해야 하니까. 오버로드가 가면 지도가 밝아져. 오버로드가 해파리처럼 빌빌빌빌 떠났다. 징그러워서 구역질이 났다. 동오가 종족을 바꾸겠느냐고 물었다. 테란이랑 프로토스도 있어. 나는 테란을 골랐다. 달미의 핸드폰과 디자인이 비슷했기 때문이다. 은색과 파란색이 섞인 사이보그 종족이었다. 사람에 가장 근접했다. 나는 언제나 사람에만 관심이 있었다. 프로토스는 나방 같았고 저그는 피범벅 장기 같았다. SCV 뽑아, 누나. 왜? 미네랄 캐야 하니까. 나는 SCV를 뽑았다. 일하는 느낌이 들었다. 하기 싫었다.

"앞에는 내가 해 줄게." 동오가 마우스를 뺏으며 말했다. "누나는 재밌는 거 해. 싸우는 거 해. 이따 쳐들어갈 때 알려 줄게."

나는 동오가 좋았다. 믿음직스러웠고 내가 아는 그 누구보다 어른스러웠다. 나는 동오가 미네랄 캐는 모습을 구경했다. 동오는 미네랄을 캐는 틈틈이 전투에 필요한 병력을 만들었다. 부대가 만들어지고 있었다. 강인해 보였다.

"나 임요환 만나 본 적 있다." 동오가 손을 민첩하게 놀리며 말했다. 자랑인 것 같았다.

"임요환이 누군데?"

"프로게이머. 테란이 주 종족이야. 누나 테란이 좋다며."

"어디서 만났는데? 그……." 내가 이름을 떠올리지 못하자 동오가 임요환, 하고 다시 한번 알려 줬다. "그래, 임요환. 임요환이랑 어디서 만났는데? 이 동네 살아?"

동오가 나를 벌레 보듯 쳐다봤다. "배틀넷에서 만났지."

"배틀넷?"

"스타크래프트에서 다른 사람이랑 랜덤으로 게임할 수 있어. 인터넷 같은 거야."

나는 우리의 적군인 프로토스를 가리켰다. "이것도 사람이야?"

"아니, 컴퓨터야. 누나는 아직 초보니까 컴퓨터랑 해야 돼.

아무튼 임요환이랑 만났거든. 어떻게 알긴 뭘 어떻게 알아. 아이디가 슬레이어스 박서였는데." 동오가 채팅을 쳤다. ARE YOU YOHWAN? "이렇게 물어봤지. 한글이 안 쳐져서 영어로 물어봐야 하거든."

"그래서?"

"대답이 없었어."

이겼어, 졌어? 하고 물었더니 동오가 땅이 꺼져라 한숨을 쉬었다. 당연히 졌지. 임요환한테 어떻게 이겨. 그러더니 급작스레 마우스를 넘겼다. 이제 누나 차례. 빨리! 나는 호흡을 가다듬었다. 너무 떨렸다. 죽을까 봐 겁이 났다. 프로토스를 조작하는 게 사람은 아니었지만, 시스템이었지만, 전쟁을 해야 한다는 게 무서웠다. 왜 싸워야 하지? 동오가 나를 격려했다. 죽어도 괜찮아. 다시 하면 돼. 나는 응원에 힘입어 프로토스를 파괴했다. 즐거운 것 같기도 했다.

테란은 졌다. 비행기가 날아와 우리 부대를 초토화시켰다. 건물이 부서지고 유닛이 녹아내렸다. 동오는 짐짓 딴청을 부렸다. 왜 우리는 비행기 없어? 목소리가 타박하는 것처럼 나왔다. 꼭 이기고 싶은 건 아니었는데 막상 지니 속이 상했다. 묵묵부답인 동오를 다그쳤다. 왜 그랬어?

"그건 아직 어떻게 하는지 몰라."

매번 진다고, 동오가 자백했다. 매번 비행기한테 박살이 난다고. 그럼에도 동오는 매번 게임을 했다. 스타크래프트를 켜고 배틀넷에 들어갔다. 그럴 거면 왜 해? 하고 묻자 동오가 대답했다. 져도 재밌으니까.

동오가 화장실에 간 사이 나는 스타크래프트를 종료했다. 바탕 화면에 있는 폴더를 이것저것 눌러 봤다. 엑셀이나 워드 파일 등을 비롯해 따분한 문서들을 구경했다. 감사과라고 했던가. 해고 명단에 언니가 있을지 궁금해 찾아봤지만 업무 관련 자료는 없었다. 의미를 알 수 없는 숫자들만 떴다. 주식을 하나 보다. 폴더 하나를 열었더니 다른 폴더가 나왔다. 열었더니 또 다른 폴더가 나왔다. 마트료시카처럼 겹겹의 폴더로 되어 있었다. 안에 중요한 게 숨겨져 있는 듯했다. 야동인가. 나는 차장님이 정말 게이인지 확인하고 싶었다. 게이라면 남자들만 나오는 야동을 보겠지. 만약 게이가 아니라면, 남자와 여자가 나오는 동영상이면, 여자는 가슴이 크겠지. 폴더를 집요하게 파고들었다. 동오가 화장실에서 나왔다. 차장님이 밥 먹자, 이놈들아! 하고 외쳤다. 나는 황급히 폴더 창을 닫았다.

식탁 의자의 와이셔츠가 치워져 있었다. 동오와 내가 나란히 앉고 차장님이 맞은편에 앉았다. 항상 남의 식구들과 밥을 먹는다는 생각이 들었다. 달미의 어머니는 내가 얼마나 귀찮았을까. 생판 모르는 남에게 먹일 달걀찜을 만들어야 했으니. 그건 전단지 몇 장짜리 식사일까. 내가 중학생이 되자마자 엄마는 아르바이트를 알선했다. 밥은 공짜인 줄 알아? 엄마의 밥은 공짜가 아니었고 달미 어머니의 밥은 공짜였다. 세상이 어떻게 굴러가는지 알 수 없었다. 불공평했다. 자식에 대한 사랑에도 평준화가 이루어지는 걸까. 어떤 엄마가 자식을 많이 사랑하면 어떤 엄마는 딱 그만큼 덜 사랑하게 되는 걸까. 엄마가 아빠한테서도 밥값을 받을지 궁금했다. 오피스텔 부엌이 연기로 자욱했다. 후드가 웅웅대며 돌아갔다. 어디서 많이 맡아 본 냄새가 났다.

"누나 울어?" 동오가 내 얼굴을 살피며 물었다. 근심 어린 표정이었다.

나는 고개를 저었다. 소매로 눈가를 문질렀다. 소고기를 한 점 집어 입안에 넣었다. 차장님은 안절부절못했다. "미역국을 끓였어야 했나."

"싫어요!" 나도 모르게 소리쳤다. 동오가 젓가락을 떨어뜨렸다. "죄송해요. 아니, 안 죄송해요. 아니, 죄송해요."

차장님이 괜찮아, 하고 말했다. 그러고는 내게 혼자만의 시간을 주려는지 식탁으로 시선을 내렸다. 묵묵히 밥을 먹었다. 왜 그러느냐고 묻지 않아 줘서 고마웠다. '왜 그래?' 하고 물었으면 아마 목 놓아 울었을 것이다. 민폐도 그런 민폐가 없었을 것이다. 결 반대 방향으로 일어났던 마음이 괜찮아, 하는 차분한 목소리에 다시 원래 방향으로 가라앉았다. 좁아졌던 목구멍이 제자리를 찾았다. 동오는 차장님이 보지 못하는 각도로 몰래 내 등을 토닥였다. 가만가만했다. 코에서 바닷물 냄새가 났다.

## 5

"왜 그래?"

진혁이 입술을 떼더니 물었다. 아지트의 반짝거리는 분홍색 실크 이불 안에서였다. 목소리를 내지 않는다는 불문율을 어기고 왜 그래? 하고 물었다. 입 냄새가 났다. 달미와 공고 오빠는 기척이 없었다. 도대체 뭘 하고 있는 거지? 그렇게 숨죽이고 무슨 더러운 짓을 하고 있는 거야.

"뭐가?" 나도 불문율을 깼다. 목소리가 퉁명스럽게 나왔다.

"무슨 생각 해?"

대답하기 귀찮았다. 그렇지만 상냥히 포장해야 했다. 시치미를 떼야 했다. "네 생각."

우리는 다시 키스했다. 집중이 잘 안 됐다. 입술과 혀를 움직이다가도 정신을 차려 보면 가만히 멈춰 있었다. 진혁 혼자 이런저런 무의미한 움직임을 하고 있었다. 촉수처럼 느껴져 징그러웠다. 따갑고 아프기만 했다. 뭔가 불충분하게 여겨졌다. 성에 차지 않았다. 이 짓을 전에는 어떻게 몇 시간이고 했는지 알 수 없었다. 가슴도 허락해야 할까. 안 돼. 바로 차일 것이다.

진혁은 아르바이트에 따라오지 않았다. 쪼잔하기는.

나는 일터로 향했다. 아파트 엘리베이터를 타고 꼭대기 층에 내렸다. 전단지를 현관문에 붙이며 계단을 터덜터덜 내려갔다. 무릎이 시렸다. '폐업 세일. 창고 대개방. 사장님이 미쳤어요!' 내가 알기로 사장님은 몇 년째 미쳐 있었다.

일할 의욕이 나지 않았다. 심부름비가 더 쏠쏠했다. 깡촌에 한 번 다녀오면 만 원인데. 굳이 땀 흘려 벌 필요가 있을까. 나는 언니에게 문자를 보냈다. 소중한 문자 한 통을 할애했다. 일종의 투자였다. 여름옷은 필요 없어? 답장이 오지 않았다. 전에는 즉각 오곤 했는데. 본사에서 차장님이 파견 나온 후 깡촌 사람들은 열심히 일하는 척했다. 근무 태도를 좋게 꾸미느라 애썼다. 장학사는 하루 왔다 가지만 차장님은 꽤 오래 머물렀다. 깡촌 사람들이 불쌍했다.

나는 엄마 손님의 남편인 미친 사장님에게 남은 전단지를 돌려줬다. 내일 마저 할게요. 사장님은 몇 장 버린 게 아닌지 의심했다. 그러자 버릴걸, 하는 후회가 들었다. 나는 시내까지 걸어갔다. 치마 주머니가 동전으로 묵직했다. 오늘 투투라서 애들한테 200원씩 걷은 터였다. 진혁과 사귄 지 22일째였다. 우리의 기념일이었다. 나는 수금을 위해 비밀 연애를 깼다. 생일에 주고받는 몽쉘과 마찬가지로 투투 날 200원도 일종의 품앗이였다. 고학년생이 우리의 코 묻은 돈을 갈취하는데 악용되기도 했다. 일면식도 없는데 와서는 200원을 요구했다. 삥 뜯는 거 아니야, 진짜 투투야. 걸핏하면 투투였다. 양다리 문어 다리였는지도 모르지만.

길가 벚나무에 꽃잎과 나뭇잎이 반쯤 섞여 있었다. 초록색과 분홍색. 전날 비가 내려 꽃이 많이 떨어졌다. 한 나무에 꽃잎과 나뭇잎이 섞여 있을 수는 있지만 한자리에 동시에 날 수는 없었다. 꽃이 져야 잎이 났다. 온조중학교 교복을 입은 학생들이 보였다. 간복, 요새는 춘추복이라고 하나?, 차림이었다. 마이만 벗으면 간복이었다. 하얀 블라우스에 회색 치마에 회색 체크무늬 조끼였다. 체크무늬에 팥죽색이 조금 섞여 있었다. 넥타이도 팥죽색이었다. 날이 따뜻해졌기에 저주받은 팥죽색 마이는 입지 않아도 되었다. 불행 중 다행이었다.

예스 매장이 보였다. 들어가 속옷 세트를 구경했다. 깐깐한 소비자처럼 이것저것 들췄다. 물방울무늬여, 안녕. 진혁에게 보여 줄 생각을 하니 흥겨운 마음이 사라졌다. 나는 순결해 보이는 하얀색 레이스 속옷 세트를 들었다. 기저귀처럼 보이려나. 점원이 다가와 제일 잘나가는 상품이라고 구매를 부추겼다. 어디 보자, 하고 내 조끼 안을 가늠하더니 같은 디자인의 A컵 사이즈로 바꿔 들었다. 비참했다. 비참했지만, 비참해서, 속옷 세트를 구입했다.

예스 쇼핑백을 손목에 달랑거리며 길 건너 미샤에 들어갔다. 틴트를 사야 했다. 달미가 뭘 쓰더라. 틴트는 3300원이었고, 수중의 돈에서 살짝 모자랐다. 도둑질하는 장면이 머릿속에 재생되었다. 점원은 상품을 정리하는 중이었다. 안 볼 때 주머니에 살짝 떨어뜨리기만 하면 되었다. 나는 화들짝 놀라 틴트를 내려놓았다. 훔치려면 훔칠 수도 있었지만 훔치고 싶은지 확신이 없었다. 막 나가고 싶은지 확신이 없었다. 예쁘게 생긴 아이라면 틴트를 훔쳐도 되는 것 아닐까? 달미도 훔쳤을 게 분명하다. 달미는 예쁘니까. 달미는 예쁘고 나는 예쁘게 생겼다. 이건 사실판단이다. 그런 고뇌에 빠져 있을 때 웬 할머니가 불쑥 들어와 내게 빗자루를 건넸다. 아가씨, 바닥 좀 쓸어! 미샤 아르바이트생이라고 착각한 모양이었다. 바닥에 벚꽃 잎이 흩어져 있었다. 문이 열릴 때 바람이 불었거나 손님의 머리와 어깨에서 떨어졌을 것이다. 나는 빗자루질을 했다.

미는 최고의 선이다. 나는 틴트를 사지 않고 훔치지도 않고 미샤에서 나왔다. 나쁘게 사는 게 착하게 사는 것보다 어려웠다. 달미한테서 빌리면 되겠지. 달미가 자기 거시기에 바르던 걸 내가 입술에 바르면 그건 간접 키스일까? 간접…… 오럴? 팔에 소름이 돋았다. 지금 생각하면 이상하지만, 그때는 으레 화장품을 돌려쓰고 그랬다. 위생 관념이 희박하던 시절이었다. 심지어 서클렌즈를 빌려 끼기도 했다. 아이들은 자주 결막염에 걸렸다. 조퇴할 구실이 되므로 자진해서 옮기도 했다. 자꾸 늙은이처럼 말하게 되네. 20년 전에 불과한데.

요즘 나는 하루를 이틀씩 살고 있다. 시간이 병렬로 흐르기 때문이다. 20년 전과 현재가 페이스트리처럼 겹쳐서 동시에 흐른다. 참기 어려운 감각이다. 살갗을 긁는 걸 참기 어려운 것처럼. 어쩌면 피부의 독은 열이 아니라 기억인지도 모르겠다. 내가 한꺼번에 너무 많이 살고 있다는 생각이 든다.


세상은 인과로 이루어져 있지 않아요. 마지막으로 간 보라매병원에서 의사가 그렇게 말했다고는 이미 적은 바 있다. 나는 다음 예약을 잡았지만 이내 전화를 걸어 취소했다. 참아볼 작정이었다. 긁지 않고 아무것도 안 하고 가만히만 있으면 되는데 왜 그 쉬운 걸 못 하는지 이해되지 않았다. 진료비도 부담이었다. 언니에게 이제 막 대학 등록금을 갚은 터였다. 졸업한 지가 언젠데. 실비 보험도 없었다. 실비 보험은 음력 생일 같은 것이었다. 전세 자금 대출 같은 것이었다. 어른의 영역이었다. 심지어 나는 신용카드도 없었다. 은행에서 안 만들어 줬다. 종합소득세를 납부하는 성실한 납세자였는데. 참고로 세금은 어른이 아니라 생활인의 영역이다. 소득 금액 증명 없으세요? 은행원이 물었다. 그게 뭐죠? 나는 은행원의 도움을 받아 국세청 애플리케이션으로 어찌어찌 서류를 내려받았다. 107만 원의 소득이 증명되어 있었다. 월급이 아니라 연봉이었다. 은행원은 내가 프리랜서여서 신용카드를 발급해 줄 수 없다고 돌려 말했다. 가난뱅이여서가 아니라. 은행원에게 미안했다. 나는 내 처지를 비관하지 않았다. 나는 돈 욕심이 없었다. 통장에 숫자가 쌓이면 불안했다. 잘못 살고 있는 게 아닌가 하는 의심이 들었다. 일도 필요할 때만 했다. 열심히 살고 싶지 않았다. 뭐, 돈 욕심이 없어? 언니는 코웃음을 치며 말했다. 그건 돈에 환장했다는 증거야.

외주를 맡았던 에이전시에서 메일로 수정 요청이 왔다. 컨펌 후 대금까지 받았는데 인쇄 직전에 연락이 왔다. 막판에 원청에서 딴지를 걸었나 보다. 에이전시는 하청 업체였고 나는 하청의 하청이었다. 어린이 학습 만화 삽화 작업이었다. 치르치르와 미치르가, 아 참, 틸틸과 미틸이 모험을 떠나며 이런 저런 상식을 배우는 내용이었다. 에이전시에서 보낸 메일 내

용은 이랬다. 좋아요, 좋긴 한데, 좀 난해하네요. 미틸은 그렇다 쳐도 왜 틸틸까지 땡땡이 옷을 입고 있죠? 쿠사마 야요이의 오마주인가요. 도트는 빼고 가죠. 정신병 걸릴 것 같네요. 배경에 이 무지개는 뭔가요. 밤에도 무지개가 뜨나요. 눈썹은 왜 하나같이 파란색이죠? 기타 등등. 기타 등등. 잔업 수당은 없었다.

마지막의 마지막으로 피부과에 갔다. 보라매병원 예약을 취소하고 보름쯤 지난 뒤였다. 맨 처음, 증상이 그다지 심하지 않을 때 다녔던 조그만 동네 의원이었다. 일반의가 진료했다. 보라매병원에 다시 예약하고 한 계절을 기다릴 엄두가 안 났다. 동네 의사가 오랜만이라며 반가워했다. 환자가 오지 않기를 바라야 하는 것 아닌가? 하는 의구심이 들었다. 병원에 온다는 건 아프다는 뜻이니까. 그러나 나는 환자였고, 고객에 불과했다. 모두가 건강하면 의사는 돈을 벌 수 없다.

"참아 보려고 했는데 안 되네요." 나는 혹시나 의사가 서운해할까 봐 다른 병원에 다녔다는 사실을 숨겼다. 누가 누굴 걱정해, 언니라면 이렇게 말할 것이다. 네 앞가림이나 똑바로 해.

가려움증은 참을 수 있는 병이 아니라고 의사가 말했다. 의지로 되는 게 아니에요. 의사는 좀 즐거워 보였다. 호객 행위처럼 느껴졌다.

"안 긁으면 되잖아요." 심술이 나서 그렇게 말했다. 뭐든 반박하고 싶었다. "가만히만 있으면 되는데. 긁지만 않으면 되는데."

의사가 얘기하길, 인간의 뇌는 부정의 개념을 모른단다. 코끼리를 생각하지 말라고 하면 코끼리만 생각하게 된다. "참지마세요. 참아야겠다는 생각을 안 하는 순간이 바로 완쾌의 순간일 거예요."

"게는 가려워하지 않겠죠?" 주책맞게 그런 소리가 나왔다. 이런 건 참는다고 참아지는 게 아니다. 철 좀 들어라, 언니의 목소리가 귀에 쟁쟁했다. 너는 애가 왜 그래?

"게 드시려고요? 참, 꽃게 철이군요. 봄은 암꽃게, 가을은 수꽃게가 실하죠. 구분하는 방법이 기가 막혀요. 배딱지가 음경 모양이면 수꽃게, 유방 모양이면 암꽃게거든요." 의사가 내 진료 기록이 적힌 차트를 뒤적였다. 알레르기 검사를 이 병원에서 받은 터였다. 전문의가 있는 다른 병원에서는 그 검사가 무의미하다고 했다. "다행히 게에는 민감도가 높지 않네요. 프랑스 국화나 쑥은 조심하셔야 하지만요."

나는 의사의 오해를 바로잡지 않았다. 게는 가려움을 모르겠죠? 따위의 말을 하지 않았다. 피부가 뼈니까요, 따위의 말도. 참자. 아니, 참자는 생각을 하지 말자. 참자는 생각을 하지 말자는 생각을 하지 말자. 대신 이렇게 물었다. "돼지감자는요?"

자리를 정하는 제비뽑기에서 나는 달미와 짝꿍이 되었다. 원래는 다른 자리가 나왔는데, 달미 옆자리를 뽑은 애한테 1000원 주고 제비를 구매했다. 자본주의는 대단해. 바보 같은 자본주의. 달미는 공짜로 나와 짝꿍이 되었다. 500원씩 내자고 제안했지만 달미가 거절했다. "내가 왜 그래야 되는데?"

그러게. 네가 나눠 내야 할 이유는 없지. 너는 예쁘니까. 예쁘게 생겼다는 차장님의 말은 거짓이었을까? 거짓말할 사람으로는 보이지 않았는데. 어린애를 속여서 무슨 이득이 있다고. 아니, 나는 어리지 않았다. 무려 열네 살이었다. 만으로는 열세 살이지만, 누가 나이를 만으로 센다고. 한 살 한 살이 아쉬운 마당에. 생일날 저녁 나를 집에 데려다주고 차장님은 홀연히 떠났다. 택시 운전기사처럼. 연락처를 물어보지도 않았다. 물어봐야 할 이유가 없었다.

이제 달미와 나는 쪽지를 전달하지 않고 필담을 나눌 수 있었다. 1000원 정도면 싸다는 생각이 들었다. 나는 수학 교과서 여백에 글을 적었다. '틴트 하루만 빌려줄 수 있어?'

'왜?'라는 답변이 왔다. 아까처럼 '내가 왜?'는 아니었다.

나는 고심했다. 그러게. 틴트가 왜 필요하지. 진혁과 자야해서? 그럴 때가 됐기 때문에? 투투가 지났기 때문에? 100일까지는 두고 봐야 하지 않을까. '먹버' 괴담이 떠올랐다. 진혁이 나를 먹고 버리면 어떡하지. 몽쉘을 한 상자만 준 사람과

자도 괜찮은 걸까? 소고기면 몰라도. 아니, 차장님이랑 자고 싶다는 건 아니지만.

팔꿈치를 책상에 괴고 머리를 부여잡은 내게 달미가 틴트를 건넸다. 조끼 주머니에 항상 넣고 다니는 미샤 틴트였다. '체리 블라썸' 색깔이었다. 그래, 이 색이었다. 꽃은 식물의 생식기라고 누가 그랬더라. 달미는 이걸 입술에도 바르고 무릎에도 바르고 유두에도 바르고 생식기에도 발랐다.

수학 선생님이 일차방정식 풀이를 위해 칠판 쪽으로 돌아섰다. 나는 얼른 모나미 펜을 놀렸다. 필기를 위해서는 아니었다. '아지트에서 공고 오빠랑 뭐 했어? 우리 안 간 날에.'

진혁과 내가 아지트에 안 간 날이란, 얼마 전 내 생일을 뜻했다. 달미가 하이테크로 무언가를 적었다. 하이테크는 온조 중학교 안에서 사치품으로 통했다. 명품 가방과 비슷한 기능을 했다. 위화감 조성. '잤어.'

나는 '잤어.'를 가만히 바라봤다. 절망스러웠다. 그렇구나. 역시 그랬어. 우리가 들르지 않는 날을 숨죽이고 기다렸던 거야. 아팠을까? 피가 났을까? 마음이 찢어지는 듯했다. 달미는 내 첫 키스 상대였다. 실연당한 기분이 들었다. 달미가 잤으면 나도 자야 했다. 진혁과. 나는 달미와 수준을 맞춰야 했다. 정말이지 내키지 않았다. 자기 싫은 건 아닌데, 진혁과 자기는 싫었다. 진혁을 위해 그 고생을 하면서 돈을 모은 게 아니었다. 진혁을 위해 예스에서 비참함을 견디며 속옷 세트를 산 게 아니었다. 변비약 광고가 떠올랐다. 사람들은 모두 변하나 봐. 변한 건 진혁이 아니라 나였다. 진혁에게는 잘못이 없었다.

달미가 '잤어.' 아래에 뭔가를 덧붙여 썼다. 굳이 다른 색깔의 하이테크를 필통에서 꺼낸 다음에. '오빠 야간에 주유소에서 아르바이트하잖아. 일 가려면 자 둬야 해.'

그렇구나. 그렇단 말이지? 하이테크도 오빠가 사 줬니? 그때 왜 체어맨의 모습이 떠올랐는지는 모르겠다. 나는 제정신이 아니었다. 창고 대개방. 사장님이 미쳤어요!

아지트에는 가지 않았다. 공고 오빠가 생업에 종사하기 위해 수면을 취하는 동안 진혁과 키스를 한다는 게 불경하게 느껴졌다. 공고 오빠가 자는 동안, 지금껏, 달미가 무얼 했느냐 하면 그냥 오빠 얼굴을 바라봤단다. 내가 알기로 달미는 순애보가 아니었다. 달미는 섹시했다. 그런데 왜. 오리무중이었다. 진혁은 또 삐졌다.

전단지를 붙인 뒤 나는 집으로 갔다. 엄마가 침대에 누운 아줌마의 눈썹에 부르르 떨리는 전동 주사기 바늘을 찌르며 잉크를 주입하고 있었다. 눈썹을 키친타월로 찍어 누르는 동안 아빠가 주사기를 들었다. 엄마가 손을 내밀면 주사기를 키친타월과 바꿨다. 의사에게 메스를 넘기는 간호사 같았다. 메스! 석션! 놀러 온 아줌마들이 바닥에 둘러앉아 사과를 깎아 먹었다. 눈썹 모양이 판에 박은 듯 똑같았다. 같은 사람이 그린 것이었기 때문이다. 엄마도 내 나이 때 그림에 소질이 있었을까? 그래서 이런 일을 하게 된 걸까? 나는 아줌마들의 대화를 통해 생일날 부모님이 어디 갔었는지 알아냈다. 아줌마들의 남편 중 하나가 개업한 성인 오락실에 축하해 주러 간 것이었다. 성업 중이라고 했다. 성인 오락실 사장님은 이제 내 고용주가 될지도 모른다. 도박장 전단지를 붙여야 할지도 모른다. 경찰서에 잡혀가겠지. 경찰은 교실에 들이닥쳐 내 양쪽 손목에 수갑을 채울 것이다. 어쩐지 내가 그날을 고대하고 있다는 생각이 들었다. 아니, 이미 온조교도소에 수감됐는데 다시 잡혀갈 수 있나?

나는 언니와 내 방, 이제는 나만 쓰는 방에 들어갔다. 바닥이 먼지로 더러웠기에 몽쉘 상자들을 징검다리처럼 발로 밟았다. 상자가 폭삭 우그러졌다. 안에서 봉지가 터졌다. 발바닥이 간지러웠다. 나는 몽쉘 상자 하나를 뜯은 다음 거꾸로 들어 내용물을 탈탈 털었다. 물방울무늬 팬티를 벗고는 문구용 가위로 잘라서 상자 안에 숨겼다. 엄마한테 들키면 사형이었다. 마음 같아서는 팬티로 가득한 창고 방에 불을 지르고 싶었지만 참았다. 천 리 길도 한 걸음부터. 조금이나마 속이 풀렸다. 나는 예스에서 산 순결한 속옷 세트를 입었다. 만지기도 아까워 조심조심 입었다.

참, 틴트를 먼저 발라야 하는데. 나는 다시 조심조심 속옷
세트를 벗었다. 빨간색 팁을 유두에 대려다 멈칫했다. 속옷에
묻으면 어떡하지. 괜히 하얀색으로 샀나. 아무리 속옷이 순결
해 보인다 한들 중요 부위에 틴트가 발려 있으면 말짱 꽝일
것이다. 나는 틴트를 입술과 무릎에 발랐다. 입술은 알겠는데
무릎에는 왜 바르는 거야. 달미가 그러면 섹시해 보인다고 했
으니까 일단 믿기로 했다. 나는, 인정하고 싶지 않지만, 달미
의 신봉자였다. 달미 생각은 그만하자. 그런 다짐을 하자마자
달미 생각이 뚜렷해졌다. 유두와 가랑이를 틴트로 물들이지
못해 아쉬웠다. 얼굴은 빨간데 왜 여기는 아닌지 억울했다. 홍
익인간 주제에. 끓는 물에 삶으면 빨개질까? 나는 몸을 이리
저리 틀어 예스 속옷의 착용감을 확인했다. A컵이 너무 컸다.
주먹 하나를 넣어도 남을 정도였다. 역시 하얀색 말고 다른
색으로 살 걸 그랬다. 한 번 입었으니까 교환은 안 되겠지?

'뭐 해?' 하고 진혁에게서 문자가 왔다. 나는 답장하지 않
았다. 문자를 비축해야 했다. 누구를 위해? 알 수 없었다. 나
를 헷갈리게 하는 수천수만 가지 중 하나였다. 틴트는 왜 빌
렸고 속옷 세트는 왜 샀나. 누구를 위해. 무엇을 위해.

나는 조각 난 물방울무늬 팬티가 담긴 몽쉘 상자를 침대
밑에 숨겼다. 엄마가 죽었다 깨나도 발견하지 못할 장소였다.

엄마는 자식의 침대를 살피는 사람이 아니었다. 엄마는 그런 사람이었다. 아빠는, 휴, 말을 말자. 엄마는 내게 무관심했고 아빠는 자신이 무관심하다는 데 관심이 없었다. 훗날 나는 어른이 되어 아빠에게 속상함을 드러낼 정도로는 염치가 없어졌다. 언니의 결혼식 날이었던 걸로 기억한다. 당시 아빠는 엄마로부터 버림받을 위기에 처해 있었다. 황혼 이혼이 유행이었다. 엄마는 언니가 결혼하면, 서빈이 태어나면, 호떡이 태어나면, 하고 이혼을 미뤘다. 아빠를 피 말리는 게 즐거운 듯했다. 아빠가 걱정돼서였는지도 모르지만. 엄마의 판단에 따르면 아빠는 이혼 서류에 도장을 찍자마자 자살할 사람이었다. 그러면서도 엄마는 항상 이혼 서류를 구비해 다녔다. 언니와 형부의 결혼식 날에도 마찬가지였다. 참고로 언니의 웨딩드레스 속에는 서빈이 있었다. 그래서 언니와 형부가 외할머니의 장례식 때 못 온 것이었다. 웨딩드레스는 벨 모양이었다. 서빈을 감춰야 했기 때문이다. 화촉 점화를 위해 엄마가 자리를 뜨자 혼주석에 버클로 여닫는 딱딱한 자수 손가방이 보였다. 거기 이혼 서류가 고이 접혀서 들어 있었다. 지참은 하되한 번도 쓰이지 않을 서류였다. 피로연에서 나는 부모님 사이에 재빨리 침투했다. 두 분 사이가 소원해져서 가능한 일이었다. 나는 2 대 1로 엄마와 편먹고 아빠를 왕따시켰다. 세인이달미에게 붙어 나를 왕따시켰던 것처럼. 물론 엄마도 나빴지만 아빠는 나쁘면서 약했다. 그게 더 나빴다. 아빠는 내 날선 질책에 딸꾹질을 하는 것처럼 울어 댔다. 외할머니 장례식 때도 안 울었으면서. 아빠는 아마 내 핑계로 마음껏 울었을 것이다. 소리 내 우는 남자 어른을 본 건 입관 때 막둥이 삼촌 이후로 처음이었다. 잘못한 게 많은 사람만 그렇게 운다. 있을 때 잘할 것이지.

다시 20년 전, 열네 살이었던 나는 하얀색 속옷 세트 위로 교복을 입었다. 집에서 입을 만한 활동복이 마땅치 않았기에 갈아입기 뭐했다. 밥은 공짜가 아니었다. 옷도 마찬가지였다. 옷 가게 아줌마가 눈썹 문신 시술의 대가로 물방울무늬 팬티 말고 아동복을 주었더라면. 의미 없는 가정이었다. 나는 다 큰 중학생이었다. 만약 아줌마가 아동복을 주었다 하더라도 작아서 입지 못할 것이다. 가슴에는 맞을지도 모르지만.

나는 현관문을 열고 나무 한 그루가 심어진 마당을 지났다. 나무에 매달린 건 벚꽃과 이파리였다. 초록색과 분홍색이었다. 대문을 밀었다. 걸음이 저절로 걸어졌다. 어떤 부름에 응답하듯이. 뭐 해? 묻자 입안에 하리보 비즈가 있었듯이. 바람 쐐요, 하자 열린 창문으로 바람이 불어왔듯이.

대문 앞에 체어맨이 주차되어 있었다.

**6**

내 이름은 치치림. 예전에는 홍익인간이었지만, 이제 치치림이 되었다. 벗나무의 분홍에 초록이 섞일 즈음에. 나는 치르치르의 파랑새를 떠올렸다. 왜 치치새가 아니라 치치림일까. 아들 치르치르와 딸 미치르를 더해서 치치, 남매 치치가 찾아 떠나는 새가 치치새, 그 새가 사는 숲이 치치림. 순식간에 의미가 완성되었다. 치치림이라는 이름이 아주 오래전부터 주인을 기다리고 있었던 듯했다. 나를. 치치림이라는 이름을 듣는 순간 나는 나 자신과 사랑에 빠졌다. 예쁜 이름을 가진 사람은 사랑받아야 해.

내 진짜 이름은 너무 흔했다. 학교에서 누구야, 하고 부르면 열 명이 동시에 돌아볼 정도였다. 남자 이름으로도 쓰였다.

최악이었다. 중성적인 이름이라서 가슴이 안 자란다고 생각했다. 여자라는 확신이 영 들지 않았다. 부모님이 귀찮아서 대충 지어 준 이름 같았다. 그러고도 남을 사람들이었다. 나는 달미처럼 근사한 이름이 갖고 싶었다. 피라미드의 최상위층에 속하고 싶었다. 따돌림당하고 싶지 않았다. 아마 나는 차장님에게 그런 투정을 했던 것 같다. 놀랍게도, 혀짤배기소리를 내며 어리광을 부렸다. 집에서 이랬다간 사형이다.

"치치림." 차장님은 내 서러움을 간단히 불식시켰다.

김춘수의 「꽃」을 기억하는지. 왜, 국어 교과서에 항상 실리는 시 있지 않나. 차장님이 치치림을 불러 주었을 때 나는 치치림이 되었다.

내가 치치림으로 거듭난 장소는 김밥천국이었다. 옛날 옛날 먼 옛날, 초등학생 때, 사유재산이 도입되기 전, 용돈도 없었던 시절, 학교가 끝나면 친구들은 김밥천국에서 떡볶이 따위를 사 먹었고 나는 밖에서 애들을 기다리곤 했다. 훗날 달미의 심복이 되어 나를 왕따시키게 될 세인과 다른 두 명의 친구가 김밥천국 안에 우아하게 앉아 있었다. 마음씨도 착하지, 들어와서 먹으라고 내게 권했다. 나는 자존심이 상해 안 들리는 척했다. 운동화 앞코로 바닥에 떡볶이 그림을 그렸다. 그때도 나는 그림을 좋아했나 보다. 친구들이 들어오라고 열렬히 손짓했을 때 별수 없다는 듯 들어가 떡볶이를 먹었으면

왕따를 안 당했을까? 누가 알겠나. 몇 번 튕기다 못 이기는
척 들어가려 했는데, 주문한 떡볶이가 나왔다. 애들은 그릇에
고개를 처박고 열심히 먹었다. 쳇. 어쨌거나 그게 차장님과 내
가 김밥천국에 가게 된 경위다. 이제 나는 김밥천국에 마음껏
출입할 수 있는 몸이었다. 세인에게 복수할 수 있었다. 차장
님에게 김밥천국은 죽어야만 갈 수 있는 천국이 아니라, 정말
그걸로 되겠어? 라고 묻게 하는 싸구려 분식집이었다.

아까, 어떤 이클럽에 대문을 나섰을 때, 체어맨은 바로 눈
앞에 있었다. 세 걸음만 걸으면 바로 조수석 문이었다. 일부러
그쪽 방향으로 댄 것 같았다. 딱 세 걸음만 걷도록. 나는 깡촌
의 버스 정류장에서 그랬던 것처럼 자연스럽게 차 문을 열고
좌석에 앉았다.


동오는 오피스텔에 없었다. 부모님 2부제가 시행되고 있었
기 때문이다. 월화수는 차장님이, 목금토일은 차장님의 아내
이자 동오의 엄마가 동오를 돌봤다. 이혼 가정 자녀의 삶이란
그런 것이다. 얼마 전 내 생일은 수요일이었다. 그래서 동오가
있었나 보다. 수요일은 동오가 엄마 집, 그러니까 정식 집으로
떠나는 날이었다. 맛있는 걸 먹여야 하는 날이었다. 동오는 엄
마가 있는 정식 집에 가서 아빠가 자신에게 얼마나 잘해 줬는
지 자랑해야 했다. 소고기의 의미가 퇴색되려 해서 나는 고

개를 가로젓고 정신을 붙들었다. 피해 의식은 인간을 좀먹는다. 가치판단이 아니라 사실판단으로 접근해 볼까. 엄밀히 말해 차장님이 나를 위해 고기를 산 건 아니었다. 그 고기는 원래 냉장고에 있었다. 생일 전날까지만 하더라도 우리는 서로를 몰랐다. 아니, 서로 알았지만 아직 만나지는 않았다. 방문은 급작스레 이루어졌다. 이런저런 참혹한 연유로……. 물론 차장님은 내 입안에 고기를 넣어 주고 싶었을 수도 있다. 그런데 마침 냉장고에 구이용 소고기가 있었다. 고기를 먹이고 싶어서 나가 사 왔든, 먹이고 싶었는데 마침 냉장고에 있어서 구워 줬든, 그게 그거였다. 먹이고 싶은 마음은 동일했다. 이건 가치판단이다.

차장님이 샤워를 하러 화장실에 들어갔다. 깡촌은 먼지바람이 많이 부는 곳이었기 때문이다. 퇴근하면 때를 씻어 내야 했다. 물소리를 들으며 나는 우주선을 연상케 하는 컴퓨터 책상에 앉았다. 스타크래프트를 켰다. 종족은 뭘로 할까. 동오가 그리웠으므로 징그럽지만 참고 저그를 골랐다. 지도를 밝히기 위해 오버로드를 정찰 보냈다. 오버로드는 공중에 떠다니지만 공격은 못 했다. 나는 미네랄을 캤다. 동오가 알려 준 치트 키가 떠올랐다. SHOW ME THE MONEY. 숫자가 현기증이 날 정도로 빠르게 바뀌었다. 마음껏 건물을 짓고 유닛을 뽑을 수 있었다. 나는 상대편 테란에 패했다. 공중 유닛이 쳐들어와서 저그 본진을 파괴했다.

배틀넷에 접속했다. 컴퓨터 말고 사람과 싸우고 싶었다. 사람으로부터 파괴당하고 싶었다. 저그와 매치가 이루어졌다. 나도 저그였다. 같은 종족끼리도 싸울 수 있구나. 당연한가. 그게 더 자연스러운가. 상대방은 초보인 듯했다. 경기가 꽤 오래 이루어졌다. 원래 약체들의 싸움이 더 치열한 법이다. 나는 적진을 쳤다. 유닛을 죽이고 건물을 부수었다. 죄책감이 들었다. ARE YOU OKAY? 하고 채팅을 쳤다. ARE YOU ALRIGHT? 쓰고 나니 스스로에게 하는 질문처럼 느껴졌다. 저쪽에서는 답변이 없었다. 전쟁이 치열했다. 나는 점점 고조되었다. 흥분했다. 잘못하면 이길 수도 있을 것 같았다. 이기고 싶은지 확신이 들지 않았다. 이기면 동오한테 얘기해야지. 동오는 뿌듯해할까 상처 받을까. 채팅 창에 글자가 올라왔다. OK. 잠시 후 채팅 하나가 더 떴다. GO ON.

괜찮아. 계속해.

결국 졌다. GG를 쳤다. GG란, GOOD GAME의 약자다. 권투 경기장에서 코치가 던지는 흰 수건이다. 나는 홀가분한 마음으로 배틀넷에서 나왔다. 스타크래프트를 종료했다. 그러고는 문서 폴더를 뒤적였다. 사실은, 마트료시카 폴더로 곧장 접근해 파헤쳤다. 연도별로 정리한 사진 폴더가 나왔다. 가슴이 죄어들었다. 이 순간을 미루고 싶어서 게임을 했다는 생각이 들었다. 나는 중간쯤에 위치한 폴더를 열었다. 수천 장의 사진이 화면을 가득 채웠다.

나는 잠시 눈을 의심했다. 스타크래프트를 끄지 않았나 싶었다. 사진은 온통 저그 색깔이었다. 눈을 몇 번 깜빡였다. 스타크래프트가 아니었다. 이건 게임이 아니었다. 실재였다. 폴더에는 시체 사진이 수집되어 있었다. 다양한 연령대, 다양한 살해 방법, 다양한 훼손 상태의 시체 사진. 그 폴더는 시체 박람회였다.

커서가 흔들렸다. 나는 떨리는 손을 마우스에서 뗐다. 곰 모양 젤리 모양 비즈를 뱉었다. 차장님이 하리보 모양이라고 알려 준 그 비즈였다. 살인자도 하리보를 먹는다. 이 오피스텔은 살인자의 집이다. 동오는 나를 안심시키기 위한 수단에 불과했다. 사람들은 아이와 동물 앞에서 쉽사리 마음을 푸니까. 범죄자는 희생자를 방심시키고자 핸드폰 바탕 화면에 가족사진을 띄워 놓곤 한다. 지난주 수요일에 차장님은 나를 죽이지 못했다. 동오가 와 있었기 때문이다. 살인자에게도 아들이 있다. 2부제에 의해 차장님은 목, 금, 토, 일요일에만 살인을 한다. 오늘은 금요일이다.

주변이 너무 조용했다. 기시감이 느껴졌다. 언제였더라. 그래, 기술 가정 시간에 딱 이런 느낌이었는데. 선생님이 판서하는 동안 교과서 밑에 숨겨 둔 러브장을 꺼내 꾸미고 있었지.

진혁에게 줄 러브장을. 이름 자리는 공란으로 남겨 둔 러브장을. 그림을 잘 그리는구나. 우리는 아직 만나기 전이었다. 나는 거기에 어떤 이름이 적힐지 알고 있었다. 미래를 기억했다. 나는 고개를 들었다. 차장님이 나를 내려다보고 있었다. 머리카락에서 떨어진 물방울이 내 회색 교복 치마를 적셨다. 차가운 물. 쿨워터. 회색은 물에 가장 취약한 색깔이다.

## 7

외할머니가 돌아가셨다. 언니가 결혼했다. 서빈이 태어났다. 호떡이 잉태되었다. 막둥이 삼촌의 낙지 요리점이 폐업했다. 내가 언니에게 빚을 갚았다. 엄마와 아빠가 이혼하지 않았다. 나는 그런 대소사를 모두 알고 있다. 나는 30대 중반이다. 열네 살 때 살해당하지 않았다는 뜻이다.

그날, 일이 다 끝난 뒤 차장님은 설명했다. 불행할 때마다 시체 사진을 모았다고. 훼손된 몸을 보면 위안이 되었다고. 거짓말! 당신은 살인자야! 비열한 사기꾼이야! 나는 컴퓨터로 달려가 마트료시카 폴더를 열었다. 첫 번째 폴더에 적힌 연도를 확인했다. 차장님의 나이를 어림했다. 차장님이 태어나기도 훨씬 전이었다. 시체 사진 수집은 한 남자의 악취미에 불과했다……. 그때 내가 느낀 감정은 실망감이었다. 차장님도 마음이 많이 병들었구나, 하는 생각이 잇따랐다. 우리는 같은 종족이구나. 테란이 아니구나. 내게도 불행한 기억을 수집하는 마음속 보석함이 있었다. 언젠가 세인에게 열어 보여 준 적이 있었다. 하나의 기억을 끄집어내 손바닥에 올리고 소중히 내밀었다. 놀이터에서 땅따먹기인지 술래잡기인지를 하다가 문득 그런 짓을 했다. 행복했기 때문이다. 나는 행복을 견딜 수 없었다. 세인을 희생양 삼았다. 죄 없는 세인이 내 불행을 유심히 들여다봤다. 윽. 세인은 그렇게만 말했다. 윽. 세인이 달미의 하수인이 되고 내가 왕따를 당한 건 그 후의 일이다. 나는 죗값을 충분히 치렀다. 나는 달미를 저주하지 않았다. 오히려 사랑했다. 나는 세인을 저주했다. 나를 저주했다. 원래 약체들의 싸움이 더 치열한 법이다. OK. GO ON.

차장님과의 섹스에는 규칙이 있었다. 질문 금지. 평소 나는 '왜'라는 단어 없이 말을 할 수 없는 사람이었으므로 그 규칙이 힘들었다. 왜, 왜, 왜, 그놈의 왜! 언니는 진절머리를 내곤 했다. 서빈이 말을 배운 후 언니는 다시금 '왜' 공격에 시달려야 했다. 언니는 서빈을 혼내지 않았다. 아이는 질문하는 존재니까. 이내 나는 질문 금지라는 차장님의 규칙에 적응했다. '왜'의 부재에 적응했다. '왜'를 빼니까 세상이 쉬웠다. 편했다. 차장님은 나를 '왜'로부터 구원했다. 내게 허락된 말은 '잘못했어요.'가 전부였다. 잘못했어요. 나는 그 말이 좋았다. 미안하다고 사과하고 잘못을 빌고 싶었기 때문이다. 용서를 구하고 싶었기 때문이다. 용서하고 싶었기 때문이다.

회색 교복 치마에 물방울이 떨어졌다. 나는 그 자국을 응시했다. 핏자국처럼 보였다. 생리혈이 새면 딱 이런 색이었다. 온조중학교 교복을 만든 사람은 여자의 몸에 대해 잘 몰랐던 게 분명하다. 야, 너 묻었어. 여자애들은 팥죽색 마이를 벗어 서로의 허리에 둘러 주곤 했다. 그런 걸 우리는 유대감이라고 부른다. 다정도 하지. 오늘 친구의 허리에 옷을 둘러 준 여자애가 내일 자폐아의 옷을 벗기기도 한다. 유대감을 위해서. 옥수의 알몸이 떠올랐다. 아랫도리의 구불구불한 털이 떠올랐다. 나는 죽어도 된다.

"일어나." 차장님의 목소리에는 감정이 담겨 있지 않았다. 차갑지도 뜨겁지도 않았다. 봄바람 같았다. 이해받는 느낌이 들었다.

나는 일어났다.

소파에 앉은 차장님의 지시대로 옷을 벗었다. 예스에서 산 흰색 레이스 속옷이 드러났다. 입술과 무릎은 체리 블라썸 색깔이었다. 달미한테서 틴트를 빌렸다. 미샤에서 틴트를 훔치지 않았기 때문이다. 괜히 꽃잎만 쓸다 나왔다. 미는 최고의 선. 겨드랑이와 다리는 면도된 상태였다. 아빠의 면도기로 민 것이었다. 날이 자주 망가지는 걸 아빠는 의아해하곤 했다. 면도기는 공짜가 아니었다. 면도날에 엉킬까 봐, 혹은 날라리처럼 보일까 봐 음모는 밀지 않았다. 서투르고 미숙해 보여야 했다. 같은 원리로, 남자가 팬티를 벗길 때 엉덩이를 들면 안된다고 들었다. 내 손으로 팬티를 벗을 줄은 몰랐지만. 이 정도면 시체로서 훌륭할까. 예쁘게 생긴 시체. 이제 곧 마트료시카 폴더에 사진이 추가되겠지. 그 폴더는 무언가를 숨기고자 하는 티가 역력했다. 그게 차장님의 실수이자 패착이었다. 컴퓨터 바탕 화면에 무심히 놓여 있었다면 나는 폴더를 열어 보지 않았을 것이다.

나는 소파 쪽으로 다가갔다. 차장님의 명령에 의해서였다. '왜'는 금지되었다. 그러자 일시에 마음이 편해졌다. 이유는 사람을 좀먹는다. 차장님은 옷을 전부 갖춰 입은 상태였다. 나는 무릎을 꿇고 눈앞의 바지 지퍼를 내렸다. 시키는 대로 따른 것이었지만 내가 원한 것이기도 했다. 죽을 때 죽더라도 섹스는 하고 죽자. 그렇지 않으면 억울할 것 같았다. 구천을 떠도는 귀신이 될 게 뻔했다. 처녀 귀신이 되기는 싫었다. 달미는 공고 오빠와 아지트에서 그냥 잠만 잔다고 했다. 공고 오빠가 밤에 주유소에서 아르바이트를 해야 하기 때문에. 달미는 잠든 오빠를 바라만 봤다. 달미는 처녀일까? 나는 달미를 이기고 싶었다. 그게 내가 차장님의 성기를 입에 물게 된 경위다. 차장님은 옷을 벗지 않았다. 성기만 *끄집어낸* 상태였다. 나는 알몸으로 무릎 꿇고 있었다. 성기는 울퉁불퉁했다. 포경 수술을 해 준 의사의 바느질 솜씨가 미숙했던 모양이다.

성기 끄트머리가 목구멍을 찔러서 눈물이 맺혔다. 차장님이 고개를 들라고 명령했다. 역시나 감정 없는 목소리로. 나는 고개를 들기 위해 성기를 뱉었다. 고개를 들었는데 엉뚱하게도 바닥이 보였다. 그네에 뒤통수를 맞고 기절했다가 깬 느낌과 비슷했다. 초등학교 운동회 때였다. 운동장을 걷고 있었는데 눈을 떠 보니 눈앞에 모래가 보였다. 누가 깨워 줘서 일어난 건 아니었다. 왕따라서 깨워 줄 친구가 곁에 없었다. 그네에 뒤통수를 맞은 것 같았다. 아닐 수도 있었다. 양호실에 가니까 이래저래 다쳐서 찾아온 애들로 발 디딜 틈이 없었다. 애새끼들이 별것도 아닌 상처로 울부짖었다. 기절했어요, 나는 양호 선생님께 당당히 말했다. 양호 선생님이 뒤통수를 살펴보더니 가라고 했다. 외상이 없었다. 기절은 삶을 공짜로 사는 방법이다. 의식이 없는 상태에서도 시간은 흐른다. 그리고 의식은 고통이다. 나는 만족스러운 기분으로 양호실을 나왔다. 양호 선생님으로부터 관심은 못 받았지만 삶을 공짜로 흘려보낸 것만으로도 만족이었다.

오피스텔 마룻바닥을 보며 나는 욱신거리는 뺨을 감싸 쥐었다. 기절이 아니었나 보다. 따귀를 맞았나 보다. 차장님은 때릴 데가 어디 있다고, 하면서 내 뺨에 자기 볼을 비비지 않았다. 차장님은 학주가 아니었다. 차장님은 지금껏 살면서 만나온 그 누구와도 달랐다. 엄마는 나를 때리지 않았다. 아빠도 마찬가지였다. 나를 사랑하지 않았기 때문이다. 부모는 자식을 사랑할 때 매를 든다. 왜, '사랑의 매'라는 말도 있지 않은가. 차장님은 나를 때렸다. 차장님은 나를 사랑한다.

성기를 입에 문 채 고개 드는 방법을 차장님이 가르쳐 주었다. 눈 맞추는 방법을. 목구멍을 찔려 맺힌 눈물 때문에 얼굴이 왜곡되어 보였다. 키스 먼저 해야 하는 것 아닐까? 하는 터무니없는 생각이 들었다. 손잡고 포옹하고 키스하고 가슴 만지고 애무하고 섹스하고. 내가 아는 순서와 달랐다. 하긴 진혁도 손잡기 전에 키스부터 했지. 남자한테는 절차를 무시하는 경향이 있나 보다. 아니, 이건 연애가 아니다. 차장님은 살인자다.

"잘못했어요." 입안에 자리가 없어서 발음이 뭉개졌다.

차장님이 내 머리카락을 움켜잡아 머리통을 앞뒤로 마구 흔들었다. 멀미가 났다. 토하면 맞겠지? 맞고 싶었다. 의식은 고통이지만 너무 큰 고통은 의식을 마비시키니까. 마치 기절처럼. 맞는 동안만큼은 고통스러운 생각에서 자유로워질 수 있으니까. 삶을 노력 없이 공짜로 살 수 있으니까. 고통은 고통이지만 너무 큰 고통은 쾌락이니까. 물이 너무 뜨거우면 오히려 차갑게 느껴지는 것처럼. 차가운 물. 쿨워터. 잠시 후 짜고 비릿하고 떫은 액체가 목구멍으로 들어왔다. 나는 그것을 삼켰다. 차장님이 내 머리를 다정하게, 너무나 다정하게 쓰다듬었다. 잘했어.

그러니까 이건 다 달미 탓이다. 팬시점에서 커플로 산 핸드폰 고리 탓이다. 곰 모양 젤리 모양 비즈 탓이다. 부모님으로부터 세뇌당한 미역 탓이다. 세뇌당했다는 사실을 알려 준 언니 탓이다. 4월 9일, 내 열네 번째 생일날, 깡촌을 벗어나는 체어맨 안에서 차장님은 내가 비즈를 빼는 모습을 보았다. 그 자리에 하리보 대신 자기 성기를 집어넣는 상상을 했다. 오피스텔에서 차장님이 구워 준 소고기를 보고 내가 울음을 터뜨렸을 때 차장님은 우는 모습이 예쁘다고 생각했다. 사실판단이 아니라 가치판단으로서. 예쁘게 생긴 게 예쁘기까지 하네. 그래서 '왜 그래?' 대신 괜찮아, 하고 말했다. 식탁으로 시선을 떨궜다. 울어도 괜찮아. 더 울어. 차장님은 나를 울리고 싶었다. 아니, 우는 건 안 된다고 했다. 저절로 눈물이 맺혀야 했다. 성기에 목구멍을 찔려서.

차장님이 깡촌에서 나를 태우고 우리 집까지 에스코트한 이유는, 결국 같이 오피스텔에 오긴 했지만, 후일을 도모하며 일단은 집에 데려다준 이유는, 동오 때문이었다. 동오가 이 임시 거처에 머물러 있었다. 정식 집으로 떠나는 날이었고, 이혼한 와이프가 아직 동오를 태우러 오기 전이었다. 스타크래프트를 시켜 주고 저녁을 먹여야 했다. 그 소고기는 동오 몫이 아니라 내 몫이었다. 예쁘게 생긴 애는 맛있는 걸 먹어야 한다고 차장님이 말했다. 그게 세상이 공정해지는 방식이라고. 내가 우리 집 대문 앞에서, 체어맨 안에서, 주머니에 손을 넣고 동전을 잘그락거리는 동안 차장님은 그 사실을 깨달았다. 애 먹이려고 샀구나. 마트에서 집어 들 땐 미처 몰랐지만. 동오는 엄마 입맛을 닮아 고기를 싫어했다. 피 맛을 싫어했다. 생선도 흰살생선만 먹었다. 왜 동오가 먹는 둥 마는 둥 했는지 그제야 이해되었다. 나를 걱정하느라 입맛을 잃은 줄로만 알았는데. 등을 가만가만 토닥여 줬지. 그 소고기는 받는 이의 이름을 공란으로 남겨 둔 내 러브장과 같았다. 우리는 만나기도 전에 서로를 원했다. 원한다는 사실을 각자 알고 있었다. 안다는 걸 아직 몰랐지만, 안다는 걸 모른다는 사실을 알고 있었다. 우리는 버스 정류장에 멈춰 선 차 안에 나란히 앉게 되리라는 사실을 알고 있었다. 비록 예감에 불과할지라도…… 감동해 입을 틀어막은 내게 차장님이 덧붙여 말했다. 고기도 먹이고 싶었는데 다른 것도 먹이고 싶었다고. 다른 것도 입에 물리고 싶었다고. 목구멍을 찌르고 싶었다고. 입안에 싸고 싶었다고. 동오 때문에 못 그래서 괴로웠다고.

나는 눈살을 찌푸리지 않았다. 그건 일종의 고백이었다. 구애의 말이었다. 나는 차창 밖에서 불어온 미지근한 바람으로부터 이해받았듯, 이해한다는 말 없이 이해받았듯, 차장님을 이해했다. 뼛속 깊이 이해했다. 신경 하나하나가 연결된 느낌이었다. 우리는 같은 종족이었다. 저그였다. 징그러웠다. 우리는 보석함에 끔찍한 걸 수집했다. 먼지가 앉지 않도록 매일 꺼내 닦아 줬다. 차장님이 다른 사람과 달랐던 건 나와 같아서였다. 차장님은 나였다.


차장님이 바지 지퍼를 채웠다. 도와주려고 했는데 엄격한 표정이라 돕지 못했다. 어딜 감히, 이렇게 말하는 것 같았다. 다정한 쓰다듬음은 끝난 터였다. 오랜 고통과 짧은 달콤함. 쓴맛은 단맛을 극대화시킨다. 초콜릿처럼. 끝났구나, 안도감과 함께 아쉬움이 밀려왔다. 그 감정이 당혹스러웠다. 오럴 섹스도 섹스라고 할 수 있을까? 나는 아직 처녀인 게 아닐까? 항문 성교만 하면서 자신을 처녀라고 주장한다는 한 여자의 일화가 떠올랐다. 처녀막만 온전하면 처녀일까? 무릎이 아팠다. 그리고 엄청나게 빨갰다. 마루 무늬가 찍혀 있었다. 이래서 무릎에 틴트를 바르는 거구나. 빨간 무릎은 성행위를 연상시킨다. 내가 사물함에 앉아 양반다리를 하는 것과 비슷한 효과를 자아낸다. 남자를 유혹한다. 얼른 틴트를 사야겠다. 미샤에 가야겠다. 아니지, 못 가겠구나. 곧 시체가 될 테니까.

"침대로 가." 차장님이 소파에서 일어나며 말했다.

우리는 거실 겸 주방 겸 서재에 있었다. 딸린 방이 하나였으므로 침대를 찾느라 헤매지 않아도 되었다. 따귀를 맞지 않아도 되었다. 나는 방으로 들어가 침대 앞에 섰다. 눕지는 않았다. 침대로 가라고 했지 누우라고는 안 했으니까. 나는 차장님의 문법에 서서히 익숙해지는 중이었다. 사랑의 매는 효과가 있었다. 여기서 죽이려는 건가. 이불에 피가 튀면 어떡하지. 화장실에서 죽는 게 낫지 않나. 그게 뒤처리하기 더 편할 텐데. 이따 죽이려나 보다. 아이가 무구하게 잠자리의 날개를 뜯는 것처럼, 충분히 가지고 논 다음에. 아직 고통의 시간이 남아 있었다. 다행이었다. 나는 사는 게 싫었지만 조금만 더 살고 싶었다. 조금만. 차장님은 나를 살고 싶게 했다. 우리는 그걸 사랑이라고 부른다.

나는 침대에 누웠다. 차장님이 누우라고 명령했기 때문이다. 이제부터 '차장님이 명령했다.'는 생략하련다. 모든 행동이 명령에 따른 복종이었으니까. 나는 변태성욕자 사이코패스 살인마의 노예이자 꼭두각시였다. 아직 시체 박람회에 대한 설명을 듣기 전, 구애의 말을 듣기 전이었다. 나는 차장님의 허락 없이 벽 쪽으로 자리를 옮겼다가 얻어맞았다. 잘못했어요. 어깨와 엉덩이를 꿈틀거려 바깥쪽으로 나왔다. 잘 보이는 쪽으로. 애써 바깥쪽에 누웠는데 차장님은 나를 만지지 않았다. 나는 다시 어깨와 엉덩이를 꿈틀거려 가로 방향으로 각도를 틀었다. 슈퍼싱글 사이즈의 매트리스였다. 침대 폭이 모자라서 다리를 세워야 했다. 누운 채 고개를 비틀어 차장님의 눈을 바라봤다. 눈을 안 보면 혼났다. 차장님은 등받이 없는 의자에 앉아 있었다. 나를 만지지 않았고 자기 몸을 만지지도 않았다. 무표정하게 지켜보기만 했다. 나는 오른손 검지와 중지를 빨아 침을 묻혔다. 왼손으로는 젖꼭지를 만지고 침 묻힌 오른손으로는 아래를 만졌다. 참, 이 얘기를 깜빡했다. 차장님은 아이처럼 작은 가슴을 선호했다! A컵도 너무 커서 성욕이 달아난다고 했다. 임포텐츠가 온다고 했다. 임포텐츠가 뭐예요? 발기부전……. 나는 동오의 엄마도 가슴이 판판할지 궁금했지만 묻지 않았다. 이딴 걸로 이기면 불쾌할 것 같았다. 차장님의 취향에 맞아 기쁠 테지만, 기분 나쁠 것 같았다. 참고로 질문 금지 규칙은 섹스 중에만 유효했다. 아닐 때는 얼마든지 '왜'라고 해도 괜찮았다. 괜찮은 걸 넘어 귀여워해 줬다. 나는 '왜'가 싫었기 때문에 섹스에 중독되리라 예감했다. 이날 이후로 더 하지는 못했지만.

다시, 가로로 누운 침대. 나는 질 안에 가운뎃손가락을 집어넣었다. 그게 차장님 성기라고 상상하면서. 상상 또한 지시에 의한 것이었다. 머릿속이 보이지는 않겠지만 충실히 따랐다. 질 안에 손가락을 넣은 건 처음이었다. 정확히는 질 안을 내 손으로 만진 건 처음이었다. 질 벽이 아니라 손가락에 감각이 집중되었다. 입구에 주름 같은 결이 있었고 안쪽은 쿠션처럼 폭신했다. 남자는 왜 여자의 몸 안에 손가락을 넣을까? 그런다고 해서 손가락에 쾌감이 오는 것도 아닌데. 여자가 기분 좋아하는 모습을 보면 기뻐서? 시혜적으로? 그렇다면 잠든 여자의 몸에 손가락을 넣는 남자는 뭘까? 참, 차장님이 자기 성기를 상상하랬는데. 차장님에게는 속마음을 듣는 능력이 있을지도 모르는데. 나는 다시 집중했다. 손가락 말고 질 벽의 감각에 집중했다. 살면서 자위를 해 본 적은 있었지만 이런 식은 아니었다. 다리를 꼬고 허벅지에 힘을 주어 압박하면 기분이 좋아졌다. 시청각 자료를 참고한 건 아니었고 누가 알려 준 것도 아니었는데 꼬마 때부터 그렇게 했다. 수차례의 훈련 끝에 나는 기술을 터득했다. 십 초 만에 오르가슴을 느낄 수 있었다. 손가락을 휘적여 축축한 쿠션을 만지는 건 그보다 덜 좋았다. 이걸 왜 해야 하지? 내 기분이 좋아지는 것도 아니고 차장님의 기분이 좋아지는 것도 아닌데.

음, 차장님은 기분이 좋아 보였다. 여전히 무표정했지만 얼굴이 살짝 상기되어 있었다. 나는 허벅지와 엉덩이 부근에 나머지 손가락을 지지한 채 중지를 넣었다 뺐다 했다. 그러다

네 번째 손가락도 밀어 넣었다. 왼손으로는 젖꼭지를 지우개 똥 뭉치듯 굴렸다. 좋은 것 같기도 했다. 처음에는 귀찮고 내키지 않지만 막상 시작하면 재밌어져서 열심히 임하게 되는 피구처럼. 운동화가 코트에 마찰하는 소리가 들렸다. 서늘한 강당 공기가 느껴졌다. 등골이 오싹했다. 자폐아도 섹스를 할까? 나는 지금 쾌감을 느끼고 있다는 사실이 참을 수 없이 끔찍했다. 더럽고 불결했다. 이 얘기를 들려주면 세인은 경악하겠지. 윽, 하고.

나는 침대에 엎드려 같은 짓을 했다. 머리를 처박고 고개를 꺾은 채 뒤에 앉은 차장님을 바라봤다. 무릎을 벌리고 엉덩이를 들었다. 애처로운 표정, 울 것 같은 표정을 지었다. 눈물은 그렁그렁하되 흐르지 않아야 했다. 이건 차장님이 가르쳐 준 게 아니었다. 명령에 의한 게 아니었다. 돌아오는 반응으로 말미암아 스스로 깨우친 것이었다.


차장님이 내 양 손목을 등 뒤로 묶었다. 무게중심이 앞쪽으로 쏠려 몸이 기우뚱했다. 드르륵 소리가 나고 딱딱했다. 케이블 타이인 것 같았다. 이제 죽는구나. 안쪽 허벅다리로 무언가 흐르는 게 느껴졌다. 차장님이 혀로 액체를 핥았다. 나는 짧은 숨을 토해 냈다. 소리가 나올 것 같았지만 맞을까 봐 입을 꼭 다물었다. '잘못했어요.' 말고 다른 말을 하면 안 된다고 배웠기 때문이다. 차장님은 개의치 않는 듯했다. 혀는 부드럽고 감미로웠다. 가장 작고 민감한 장소에서 원을 그렸다. 압력이 거의 느껴지지 않고 표면에서만 움직였다. 냄새 나면 어떡하지, 죽을 마당에 그런 걱정이 들었다. 어차피 시체가 되면 더 지독한 냄새가 날 텐데.

나는 눈을 감았다. 차장님의 얼굴이 가려져 눈을 마주칠 수 없었기 때문이다. 다리가 후들거리고 허리가 찌르르했다. 탄산이 척추를 내달리는 것 같았다. 오줌이 마려웠다. 케이블 타이가 파고드는지 손목이 아팠다. 기도하듯 깍지를 꼈다. 몸이 움찔거릴 때마다 차장님이 주의를 주었다. 좋아하지 말라고 했다. 잘못했어요, 내가 빌었다. 무감해지려 애썼지만 쉽지 않았다. 진혁과 했던 키스와 차원이 달랐다. 달미와 했던 키스와도. 내가 이걸, 이런 걸, 이러길 원했다는 깨달음이 찾아왔다. 한 번도 겪어 본 적 없었으나 사무치게 그리워했다는 깨달음이. 기분 좋으면 안 된다는 생각이 계속 기분 좋음에 집중하게 했다.

바지 지퍼 내려가는 소리가 들렸다. 옷감이 맞부딪는 소리도. 차장님은 엎드린 내게 선 채로 들어왔다. 불시에, 깊숙이. 플래시를 터뜨린 듯 눈앞이 번쩍거렸다. 배꼽 안쪽이 칼에 찔린 듯 아팠다. 몸이 양쪽으로 쪼개지는 것 같았다. 갈가리 찢기는 것 같았다. 하반신이 마비된 듯했다. 마비되었지만 감각은 명징했다. 뭉근하고 날카로웠다. 차장님이 내 배를 손바닥으로 받쳐 엉덩이를 높였다. 거칠게 들락거리며 욕설을 내뱉었다. 닥쳐, 쌍년아. 개 같은 년! 침대 스프링에서 시끄러운 소리가 났다. 차장님이 오른발로 바닥을 디딘 채 왼쪽 무릎을 매트리스에 걸쳤다. 왼쪽 팔꿈치를 침대에 괴어 상체를 지탱하고 오른손으로 내 목을 움켜잡았다. 숨이 막혔다. 나는 잘못했다고, 살려 달라고 애원했다. 죽고 싶지 않았다. 조금만 더 살고 싶었다. 나는 살고 싶었다. 그런 말을 하고 싶었는데 기침만 나왔다. 차장님이 손아귀에 힘을 풀어 숨을 쉬게 해주었다. 그런 다음 다시 목을 졸랐다. 호흡이 허락될 때마다 나는 허겁지겁 공기를 빨아들였다.

차장님이 당황한 듯 내 몸에서 나왔다. 죽었다고 했다. 죽은 건가? 여기는 사후 세계인가? 나는 엎드린 채 주변을 두리번거렸다. 달라진 건 없었다. 혹시 저승사자가 늦나? 다른 중요한 볼일이 있나? 천국에 가는 길을 모르는데. 회수권은 필요 없겠지? 여권이 필요할까? 엄마 아빠가 걱정되었다. 좋은 사람들이었는데. 괜히 죽었나 하는 후회가 들었다. 왕따 한번 당한 게 그렇게 큰 비극은 아니었을 텐데. 여상에 진학해야 하는 것도. 지나고 나면 웃으며 추억할 수도 있었을 텐데. 시간이 해결해 주었을 텐데.

아까 싸서, 하고 차장님이 둘러대듯 말했다. 맥이 풀린 성기를 쪼물딱거렸다. 끝나고 알게 된 거지만 차장님은 심인성 발기부전이 있었다. 아직 그 사실을 모르는 나는 침대에 모로 누워 창밖을 바라봤다. 손은 여전히 케이블 타이로 결박된 상태였다. 차장님이 용기를 되찾을 때까지 얌전히 기다렸다. 휴, 안 죽었구나. 다행이었지만 실망스러웠다. 얄팍하게도, 부모님이 다시 나쁜 사람들로 돌아와 있었다. 어차피 이따 죽을 테니까, 하고 스스로를 위로했다. 역시 화장실에서 살해당하는 게 나을 것이다. 물청소만 하면 되니까. 흰 타일에 흩뿌려진 빨간 피가 소용돌이치며 흘러내려 갈 것이다. 세상에, 발기부전이라니. 살인자를 가엾어해도 되는 걸까. 그건 그렇고 언제 해가 진 거지. 시간 가는 줄 모르고 있었다. 창밖은 캄캄했지만 방 안은 형광등을 밝혀 환했다. 밤바다에 뜬 오징어잡이 배처럼. 이따 핸드폰을 확인해야겠다. 엄마한테서 걱정하는 문자가 와 있으면 이 살인마한테 한번 살려 달라고 해 봐야겠다. 어릴 때 즐겨 듣던 동요 가사가 떠올랐다. 무지개 동산에서 놀고 있을 때 이리저리 나를 찾는 아빠의 얼굴. 아빠가 나를? 절대.

똑, 하는 소리와 함께 양팔이 허물어졌다. 차장님이 케이블 타이를 주방 가위로 자른 것이었다. 나는 구속에서 해방되었다. 일어나 앉아 어깨를 빙글빙글 돌렸다. 피가 안 통했는지 손이 검붉었다. 끝난 건가? 아직 사정도 안 했는데. 아니, 아까 소파에서 하긴 했지만. 나는 자존심이 상했다. 가슴이 작아서일 거야. 내 탓이야. 어떤 남자가 이런 절벽을 좋아하겠어. 차장님은 아마 처음으로 수치를 겪은 거겠지. 얼마나 당황했을까. 잘못했어요, 빌고 싶었다. 그러나 지금 섹스 중인지 아닌지 헷갈렸다. 섹스할 때만 즐기는 말인 것 같던데. 잘못했다고 말하면 괜히 부담을 주는 게 아닐까?

아프기만 했다는 아쉬움이 들었다. 전단지를 1000장 붙였는데 아르바이트비를 한 푼도 못 받고 귀가하는 기분이었다. 아랫도리가 얼얼했지만 나는 더 원했다. 갈급한 마음이었다. 차장님이 침대에 올라와 누웠다. 새삼스러웠다. 첫 번째로 할 때는 차장님만 소파에 앉고 나는 바닥에 무릎을 꿇었다. 두 번째에는 나만 침대에 엎드리고 차장님은 바닥에 서 있었다. 가구를 같이 사용하는 건 처음이었다. 이게 새삼스럽다는 것도 새삼스러웠다. 나는 차장님 옆으로 나란히 누웠다. 힐끔 내려다보니 성기가 다시 빳빳해져 있었다.

우리는 정상적으로 사랑을 나누었다. 뭇 연인들이 하는 것처럼. 나는 등을 대고 편안히 누운 자세였고 차장님은 위에서 움직였다. 온화한 날의 파도처럼 얕고 잔잔하고 일정한 속도로 밀려왔다. 형광등을 끄고 이불을 덮고 했다. 원래 섹스는 이렇게 하는 것이다. 어두웠지만 무서울 정도로 어둡지는 않왔다. 이 사람은 살인자가 아니다, 그런 확신이 들었다. 우리는 키스를 하고 손을 맞잡았다. 행복했다. 눈물이 흘러서 귓구멍으로 들어갔다. 사랑한다는 말이 물속처럼 들렸다.

## 8

행복과 불행은 배치 고사를 봤다. 평균을 위해 같은 반에 배정되었다. 어쩌면 우리 집에 닥친 불행이 차장님과의 시간을 행복으로 확정했는지도 모르겠다. 시작은 파괴적이었으나 끝은 평화로웠던 첫 경험에서 내가 쾌락을 느끼지 않았다면 우리 가족의 단독주택이 경매에 넘어가는 일은 일어나지 않았을 것이다.

체어맨 조수석에서 내려 세 걸음 앞의 대문을 열고 마당을 지나 우그러진 현관문을 힘주어 열었을 때 내가 본 건, 가구마다 붙은 빨간딱지였다. 압류의 표식이라는 건 본능적으로 알 수 있었다. 자정에 가까운 시각이었다. 문신 영업시간이 아니었음에도 파란 눈썹 아줌마들이 집결해 있었다. 어쩐지 느낌이 쎄하더라니, 내가 뭐랬어, 관상이 뱀 새끼 상이라고 그랬어 안 그랬어, 따위의 말을 주고받았다. 성인 오락실 차릴 때부터 알아봤어야 했는데. 걸레가 빤다고 수건 되나? 아줌마들은 좀 신난 것 같았다. 지루한 일상에 자극을 찾은 듯했다. 혹은 불행이 그들의 집이 아니라 이곳을 방문했음에 안도하는 듯했다. 아줌마들은 연대보증을 서지 않았다. 사기당한 건 우리 집뿐이었다.

"나 이거 드라마에서 봤잖아!" 엄마가 핸드폰 카메라로 빨간딱지를 촬영하며 자랑스레 소리쳤다.

아빠는 엄마를 사랑스럽다는 듯 바라보고 있었다. 만면에 은은한 미소를 띤 채. 충격 때문에 머리가 돌아 버린 걸까?

IMF 때도 지켜 냈던 집이 허망하게 날아갈 위기였다. 사연은 이랬다. 엄마 혹은 아빠 혹은 둘 다가 성인 오락실 사장 내외에게 보증을 섰다. 고객이자 이웃이었고 절친하니 의심하지 않았다. 꽃놀이, 산악회, 야유회, 계 모임, 부부 동반 모임, 이런 모임 저런 모임 온갖 모임 때 마주치던 사이였다. 당연히 사장은 파산 후 잠적했다. 채권자에게 채무를 이행해야 했다. 누가? 우리가. 왜? 보증했으니까. 압류가 들어왔다. 우리 네 식구의 단독주택도 경매에 넘어갔다.

"어머, 왔니?" 옷 가게 아줌마가 나를 발견하고는 인사했다. 전 쌍방울 공장 사모, 현 아동복 가게 사장이었다. 내 인생을 구렁텅이로 몰고 간 원흉이었다.

"안녕하세요."

"안녕 못 하다, 얘." 그 말에 다른 아줌마들이 까르르 웃었다.

방문이 벌컥 열렸다. 나는 하마터면 쇼크사할 뻔했다. 문이 열린 게 내 방이었기 때문이다. 참, 우리 방이었지. 언니가 나와서는 별안간 비명을 질렀다. 주저앉아 나뒹굴었다. 뒤집힌 바퀴벌레처럼 바닥을 돌면서 발을 차고 난동을 부렸다. 나는 언니를 진정시키기 위해 물을 떠다 줬다. 언니는 습관에 따라 물을 한 모금 마시고 컵을 돌려줬다. 그런 다음 지랄 발광을 재개했다. 나는 싱크대에서 컵을 씻었다.

파란 눈썹 부대가 돌아갔다. 한바탕 칼춤을 벌인 뒤 언니는 우리의 먼지 구덩이 방으로 다시 들어갔다. 나도 따라 들어갔다. 바닥이 더러웠기에 둘 다 안전지대인 침대로 피신했다. 주인 의식의 부재로 방은 카오스나 다름없었다. 둘 다 몸에는 병적이리만치 깔끔을 떨었지만 방 청소는 안 했다. 내 방이 아니라 우리 방이었기 때문이다. 엄마와 아빠는 이 방을 블랙홀 취급했다. 아예 존재하지 않는 것처럼 여겼다. 찌부러진 몽쉘 상자가 바닥에 산재해 있었다. 먼지가 굴러다녔다. 침대만이 유일하게 깨끗했다. 코스모스였다. 벽 쪽은 언니 자리, 바깥쪽은 내 자리. 나는 벽에 기대앉았다. 질서는 파괴되라고 있는 것이다.

언니가 내 손목을 물끄러미 바라봤다. "뭐 하다 이제 와?"

나는 케이블 타이 자국이 난 손목을 등 뒤로 감췄다. 언니는 차장님의 부하다, 섬광처럼 깨달음이 찾아왔다. 오늘 나는 언니의 상사와 미친 섹스를 했다! 그것도 세 번이나. 때리고 맞고 물고 빨고 싸고 죽음을 넘나들었다. 깡촌의 장학사, 깡촌의 교생 선생님, 깡촌의 아이돌, 깡촌의 스타는 나를 사랑한다.

"바람 쐤어." 싸대기가 그리워져서 그렇게 대답했지만 언니는 자기 손을 더럽히지 않았다. 언니는 말로 패는 스타일이었다.

언니가 내 얼굴을 유심히 뜯어봤다. "맞았니?"

웅. 누구한테? 학주. 왜? 바람 쐐서. 왜? 뭐가 왜야. 왜 바람을 쐤는데? 왜 바람을 쐬면 안 되는데. 우리의 문답은 중첩된 거울상처럼 '왜'에서 벗어나지 못했다. 물음표 지옥이었다. 질문 금지 규칙이 간절해졌다.

"어떻게 할 거야?" 물음표 지옥에 내가 다시금 발을 담갔다.

"뭐를?" 언니도 따라 들어왔다.

"집 말이야."

언니가 자기 머리카락을 마구 헝클어뜨리더니 씩씩거렸다.

"그걸 왜 나한테 물어봐?"

"그럼 누구한테 물어봐?" 말하고 나서야 내가 이 문제를 전혀 궁금해하지 않는다는 사실을 깨달았다. 이따위 집구석 경매에 넘어가든 말든 상관없었다. 차라리 팔렸으면 싶었다. 우리 가족이 공중분해되고 차장님 오피스텔에 들어가 살고 싶었다. 동오와 스타크래프트를 하고 차장님과 섹스를 하고 다 같이 소고기를 먹고 셋이서 오순도순 살고 싶었다. 아니면 달미의 어머니한테 입양해 달라고 부탁해 볼까? 달미와 자매가 되는 것도 좋을 것 같았다. 여자 셋이 살면 재밌을 것이다. 아니면 공고 오빠의 아지트에 빌붙어 볼까. 오빠는 밤에 주유소에 일하러 가니까 이불 한 채가 남겠지. 이도 저도 안 되면 진혁과 확 결혼해 버리는 방법도 있었다.

언니가 나를 침대 바깥쪽 자리로 밀어냈다. 안쪽을 차지하고는 벽을 바라보고 누웠다.


나는 마지막 가능성에 베팅했다. 난이도 최하, 진혁과 결혼하기.

사과가 열 개 있다고 가정해 보자. 가장 맛있는 1번 사과부터 가장 맛없는 10번 사과까지. 1번부터 먹는 사람은 매번 맛있는 사과를 먹는다. 맛있고, 그다음으로 맛있고, 그다음으로 맛있는 사과. 10번부터 먹는 사람은 매번 맛없는 사과를 먹는다. 맛없고, 그다음으로 맛없고, 그다음으로 맛없는 사과. 나는 10번부터 먹는 사람이었다.

차장님과의 추억도 진혁과 자야겠다는 결심에 한몫했다. 나는 그 가학적인 성향이 보편적인지 확인하고 싶었다. 작은 가슴에 대한 취향도 용기를 북돋아 주었다. 종례 후 나는 진혁과 시내로 향했다. 공고 오빠와 달미에게는 아지트에 못 간다고 양해를 구했다. 붙여야 할 전단지 양이 많아서 사장님이 일찍 오라고 했는데 진혁도 도와주기로 했다고 핑계를 댔다. 차가 막혀서 늦었어요, 와 비슷한 거짓말이었다. 하는 사람도 듣는 사람도 문제시하지 않는 사회적인 말. 공고 오빠가 손을 들어 인사했다. 어, 수고. 달미는 피식 웃었다. 둘을 태운 오토바이가 교문을 떠났다. 나는 속으로 웃었다. 전에는 부러웠지만 이제는 가소로웠다. 너흰 체어맨 안 타 봤지.

그러나 나는 버스도 못 탈 형편이었다. 파산한 마당이니 회수권을 아껴야 했다. 진혁과 시내까지 걸어갔다. 아주 먼 거리는 아니었다. 날씨도 따사로웠다. 진혁은 긴장한 듯 보였다. 비디오방에 가자는 합의를 마친 뒤였기 때문이다. 비디오방 갈래? 는 섹스할래? 와 동의어였다. 비용은 들겠지만 예비 시댁에서 하기는 좀 그랬다.

"텀블링해 줄 수 있어?" 비디오방으로 내려가는 계단 입구에서 내가 진혁에게 물었다.

진혁은 못 들은 척했다.

우리는 지하 계단을 내려갔다. 100억 년 전 빅뱅 이래 단한 번도 빛이 든 적 없는 장소가 바로 비디오방이었다. 빛이 부재한다기보다 어둠이 존재하는 듯했다. 음산하고 퀴퀴했다. 미성년자 출입은 불법이었지만 온조중학교 학부모가 운영하는 곳이라 이용이 가능했다. 진혁의 같은 반 친구가 낮에 부모님 가게를 봤다. 진혁과 나는 자연스레 공포 영화를 골랐다. 스킨십의 구실을 만들려는 건 아니었다. 그럴 단계는 지났다. 교성을 귀신에 놀라 지르는 비명으로 위장할 심산이었다.

학연에 의해 우리는 구석방으로 안내되었다. 담배빵이 난 비닐 소파에 나란히 앉았다. 내가 벽 쪽, 진혁이 바깥쪽. 소파 아래에서 귀신이 나타나면 진혁이 지켜 줘야 하니까. 빔 프로젝터 빛줄기 안에서 먼지가 떠다녔다. 진혁이 허둥대는 동안 영화가 시작되었다.

우리는 익숙한 방식으로 시작했다. 키스는 쉬웠다. 아지트에서 질리도록 하던 거니까. 스피커에서 긴장감을 유발하는 음악이 나왔다. 점점 고조되더니 뚝 멎었다. 귀신이 나오는 척속임수를 쓴 모양이었다. 나는 좀처럼 진도를 나가지 못하는 진혁을 도와줬다. 손을 끌어다가 가슴에 얹었다. 교복 조끼가 내 빈약한 가슴을 갑옷처럼 지켜 주었다. 진혁이 수제비 반죽하듯 열심히 주물럭거렸지만 아무런 느낌도 없었다. 답답했지만 처음인 것처럼 보여야 해서 참았다. 진혁이 헉헉대며 내 목을 빨았다. 손으로는 조끼 단추를 풀었다. 나는 마음속으로 응원했다. 괜찮아. 계속해.

진혁이 블라우스 아랫단을 치마에서 끄집어냈다. 공동 구매로 산 거라 크고 길었다. 한참 꺼내야 했다. 손이 들어와 브래지어 호크를 풀었다. 가슴 크기가 탄로 나기 직전 내가 손을 저지했다. 창피해. 진혁은 실망했는지 잠깐 떨어져 앉아 영화를 보는 척했다. 그러고는 다시 가슴을 시도했다. 나는 허락했다. 한 번 튕겼으면 됐겠지. 진혁이 젖꼭지를 꼬집듯 만졌다. 힘 조절이 안 되는 모양이었다. 아니면 젖꼭지 말고는 만질 게 없어서인지도. 치마 안으로 손이 들어와 물방울무늬 팬티를 벗겼다. 나는 엉덩이를 들지 않도록 주의를 기울였다. 진혁은 굉장히 거슬리는 방식으로 그곳을 만졌다. 손톱 때문에 아팠다. 길고 지저분한 손톱이었다. 아까 영화 고를 때 눈여겨보았다. 차장님은 손톱을 바짝 깎는데.

"팬티 안 갈아입어?" 진혁이 반죽하던 손을 멈추고 물었다.

"응?"

"왜 맨날 똑같은 팬티야?"

영문을 알 수 없었다. 왜 맨날? 네가 내 팬티를 언제 봤다고? 우리 집 창고 방에는 저 빌어먹을 팬티가 수천 장 있어.

끊은 지 한참 된 악취미가 불현듯 떠올랐다. 사물함 위에 양반다리로 앉기. 아마도 진혁은 별관에 놀러 왔다가 직접 봤거나, 본관에서 쑥덕거리는 소리를 전해 들은 듯했다. 그건 필시 괴소문이었으리라. 자폐아 복도에 똥 쌌대. 산에서 뱀 내려왔대. 못생긴 애가 팬티 보여 준대. 걸레가 빤다고 수건 되나, 파란 눈썹 아줌마들 중 하나는 그런 소리를 했다. 나 같은 애가 연애를 할 수 있었던 이유였다. 연애를? 감히 내가? 머리가 어떻게 되었던 게 분명하다.

못생긴 여자애는 가장 맛없는 10번 사과도 먹지 못한다. 그게 세상의 이치다. 비디오방에 다녀온 이후 나는 사기가 떨어졌다. 입맛을 잃고 의욕도 잃었다. 살아갈 이유가 없었다. 차장님이 원망스러웠다. 괜히 예쁘게 생겼다고 해서 헛바람만 들었다. 주제 파악을 해야지, 국어 선생님의 썰렁한 농담에 혼자 뜨끔했다.

차장님은 연락이 없었다. 왜냐하면 내 전화번호를 몰랐기 때문이다. 어른들의 연애는 이런 걸까? 우리는 금요일에 처음 사랑을 나누었다. 차장님이 집까지 데려다주었다. 체어맨이 떠나자마자, 연락처를 주고받지 않았다는 데 생각이 미쳤다. 주말이 지났고, 월화수는 2부제에 의해 동오가 머무는 날이었다. 목요일에 두근거리며 대문을 기웃댔지만 체어맨은 없었다. 금요일도 마찬가지였다. 토요일도. 일요일도. 월요일은 동오가 오는 날이었다. 화요일은 머무는 날이었다. 수요일은 떠나는 날이었다. 다시 목요일. 대문 앞은 비어 있었다. 나는 차장님 생각을 하며 이불 속에서 이런저런 짓을 했다.

단독주택은 경매에서 유찰되었다. 파란 눈썹 아줌마들 덕이었다. 그들의 네트워크는 어마어마했다. 입찰에 참여하면 후환을 면치 못할 거라는 협박이 통했다. 불매운동, 피켓 시위, 사회적 매장, 말이 안 통하면 몸싸움도 불사하겠다는 선언문을 낭독한 듯했다. 우리 가족은 당분간은 지붕 아래서 비를 피할 수 있었다. 당분간은. 외지인이 나타나 집을 사겠다고 하면 끝장이었다.

나는 러브장에 차장님 이름을 적었다. 노트가 비로소 주인을 찾은 듯했다. 만사가 올바르게 흘러가는 듯했다. 이제 와 고백하건대, 그 행동은 차장님을 부르는 일종의 기우제였다. 나는 온갖 미신과 유사 과학에 몰두했다. 양쪽 검지를 관자놀이에 대고 수시로 텔레파시를 보냈다. 깡촌에 찾아가는 건 내키지 않았다. 매달리는 것처럼 보일까 봐 싫었다. 못생긴 애는 그래야 마땅하지만, 그래도 싫었다. 어느 저녁 나는 강변을 산책하다 낚시하는 사람을 보았다. 놀랍게도 낚싯대가 호를 그리며 팽팽해졌다. 큰 놈인 것 같았다. 한참 릴을 감아야 했다. 도시의 강변에서 물고기를 낚는 사람이라니. 여기는 그냥 찌를 담그러 오는 데 아닌가. 나는 흐뭇해졌다. 집에 돌아가면 대문 앞에 체어맨이 있겠구나. 그렇게 행복해하고도 마음이 넉넉하게 남아 여분으로 낚시꾼을 축원했다. 오늘 저녁은 포식하시겠네요. 낚시꾼은 물고기를 바늘에서 분리한 뒤 강에 던졌다.

　벚꽃이 다 떨어졌다. 초록색 나뭇잎이 무성했다. 꽃과 나뭇잎은 같은 자리에 동시에 날 수 없다. 4월 말, 온조중학교의 중간고사 기간이었다. 나는 달미의 삶을 잠시 맛봤다. 인기인의 삶. 수학 시험이 끝나고 애들이 내 자리로 몰려들었다. 답을 맞춰 보려는 것이었다. 나는 어리둥절했지만 친구들이 떠나지 않았으면 싶어서 시험지를 보여 줬다. 이거 답 1번 아니었어? 망했다. 어, 나도 1번인 줄 알았는데. 아이들은 혼돈에 빠졌다. 내 수학 점수는 7점으로 밝혀졌다. 확률상 한 번호로만 찍어도 20점인데, 풀어서 7점을 맞았다. 앞으로도 안 찍고 풀어야겠다는 생각이 들었다. 다른 과목도 점수는 비슷했다.
　"집에 무슨 일 있니?" 면담 때 담임선생님이 물었다.
　"네." 무슨 일이 있어서 다행이었다. "부모님이 보증을 잘못 서서 집이 경매에 넘어갔어요."
　중간고사 이후는 선도부의 활동이 활발해지는 시기다. 4월은 잔인한 달, 5월은 계절의 여왕. 날도 좋고 시험도 끝났겠다

애들이 탈선하기 십상이었다. 나는 꿀릴 게 없었다. 명찰도 제대로 달았고 넥타이도 맸고 치마 안에 체육복도 받쳐 입지 않았다. 교복은 공동 구매로 사서 조금도 줄이지 않은 어벙벙한 포대 자루였다. 교문을 통과하는데 선도부 옆에 선 학생주임이 이리 오라고 당구 큐대를 휘둘렀다. 나는 뒤를 돌아봤다. 아무도 없었다. 다시 앞을 보니 학주가 큐대로 허공을 쿡쿡 찌르고 있었다. 너, 그래 너.

학주가 내 머리로 손을 뻗었다. 나는 피하지 않고 똑바로 서 있었다. 심지어 눈까지 맞추었다. 단 하루긴 했지만 훈련의 결과가 뼈에 새겨진 터였다. 스스로가 대견했다. 이 얘기를 전하면 아마 차장님은 상을 줄 것이다. 아니, 벌을 줄 것이다. 차장님과의 섹스에서는 벌이 상이니까.

"염색했어?" 학주가 내 머리칼을 만지며 물었다. "염색 금지인 거 몰라?"

"안 했어요."

"그럼 이건 뭐야." 학주가 머리카락 끄트머리를 펼쳐 햇빛을 통과시켰다. 지구상에 존재하는 모든 인종을 데려와도 이런 식이라면 아무도 학주를 만족시키지 못할 것이다.

"자연 갈색이요."

학주에게서 손찌검 충동의 기운이 느껴졌다. 선도부의 이목을 의식해 참는 듯했다. 매를 버는 얼굴인가. 차장님도 성향 때문이 아니라 그저 못생겨서 때린 걸까. 학주는 겨우 체통을 지켰다. "내일까지 검은색으로 염색해."

"염색 금지라면서요." 그렇게 말하고 나는 별관으로 튀었다.


언니는 자주 집에 왔다. 비상시국이었기 때문이다. 파란 눈썹 아줌마들의 노력에도 불구하고 입찰자가 나타났다고 했다. 그쯤 되자 우리의 얼빠진 부모님도 사태의 심각성을 인지했다. 언니는 미치광이에서 잔 다르크로 변모했다. 어른들과 수건돌리기 대형으로 앉아 차분하게 대책 회의를 했다. 퇴근 시간 전에 모습을 드러낼 때도 있었다. 나는 언니가 깡촌에 소홀할 수 있는 이유에 대해 고심했다. 깡촌에서 사정을 봐준 걸까? 아니면 감시가 사라진 걸까? 차장님이 본사로 떠난 걸까?

나는 러브장을 등기우편으로 보냈다. 내가 너무 치밀하고 용의주도하게 느껴졌다. 등기우편은 수신자가 직접 받아야 하는 배달 방식이었다. 직접 받지 못하면 반송된다. 차장님을 위치 추적한 거나 다름없었다. 정떨어지면 어떡하지. 바보 같은 짓이었다. 나는 러브장이 반송되기를 기다렸다. 차라리 차장님이 파견을 끝내고 본사로 돌아갔기를 바랐다. 매일 두근거리며 우편함을 살폈다. 러브장은 반송되지 않았다.

아무래도 나는 반항보다는 복종에 어울리는 인간인가 보

다. 차장님과 천생연분인가 보다. 결국 약국에서 양귀비를 샀
다. 아주 시커먼 색으로 물들여야지. 완벽에 가까운 검은색
으로. 소름 끼치는 검은색으로. 블루블랙이 유행이었지만 파
란색이라면 지긋지긋했다. 달미의 집 거실에서 나는 신문지를
망토처럼 둘렀다. 달미가 붓으로 염색약을 발라 주었다. 텔레
비전을 보면서 하느라 염색약이 자꾸 얼굴에 묻었다.

"나 궁금한 거 있어." 이마에 가까워지는 염색 붓을 피하며
내가 말했다.

"뭔데?"

심호흡이 한 번 필요했다. "나 못생겼어?"

이걸 이제야 묻다니 어이가 없었다. 나는 항상 달미의 의견
이 궁금했다. 지금껏 묻지 않은 건 '응.'도 아니고 '아니.'도 아
니고 '생각 안 해 봤어.'가 두려웠기 때문이다. 나는 무관심이
두려웠다.

달미가 나를 잠시 응시하더니 다시 텔레비전으로 시선을
돌렸다. 시트콤이 나오고 있었다. 하하하하, 녹음해 입힌 인위
적인 웃음소리가 들렸다. 달미가 내 얼굴을 확인했다는 건,
내가 예쁜지 못생겼는지 한 번도 생각 안 해 봤다는 의미다.

"글쎄." 달미가 붓을 휘두르며 말했다. "피부가 하얘서 부러
웠던 적은 있어."

언제, 냐고 묻지 않을 수가 없었다. 어렸을 때라는 답이 돌

아왔다. 어렸을 때라면 초등학생 때다. 나는 세인 얘기를 꺼내려다, 관뒀다. "홍익인간인데."

달미는 대꾸하지 않았다.

나는 마음속으로 지금은 치치림이지만, 하고 덧붙였다. 차장님이 지어 준 애칭이었다. 누구한테도 얘기하지 않았다. 떠벌리고 싶은 마음이 굴뚝같았다. 아무리 입이 근질거리더라도 참아야 한다. 소중한 것일수록 감추어야 한다. 치치새가 사는 숲. 치치림. 치치야, 그래서 치치새는 찾았니?

부엌에서 달걀찜 냄새가 났다. 조건반사를 일으키는 냄새였다. 달미와 나는 어미의 젖을 찾는 새끼들처럼 식탁으로 갔다. 신문지가 부스럭거렸다. 염색약을 반밖에 못 발랐는데. 뭐, 어떻게든 되겠지. 달미는 평상시처럼 일 분 만에 식사를 마친 뒤 거실에서 텔레비전을 봤다. 나는 신문지 망토를 두르고 머리카락과 얼굴에 염색약을 범벅한 꼬락서니로 달미 어머니와 밥을 먹었다. 달미의 어머니가 과묵해서 다행이었다. 말을 걸지 않아서 다행이었다. 오늘만큼은 한 기관으로 두 가지 일을 동시에 처리할 수 없을 것 같았다. 양귀비 냄새가 지독했다. 달미가 코에도 묻힌 모양이다. 속이 울렁거렸다. 달미의 어머니는 경이로운 요리 솜씨를 지녔다. 달걀찜이 비리게 느껴지는 건 염색약 때문일 것이다.

그러니까 이건 다 봄의 탓이다. 날씨가 좋은 탓이다. 애들

이 명찰을 안 달고 교복을 줄이고 노래방과 피시방에 놀러
다닌 탓이다. 자연 갈색을 모르는 학주 탓이다. 염색 금지의
교칙에 의한 염색 탓이다. 나는 화장실로 달려가 토했다. 변기
물에 뜬 토사물이 연노란색이었다. 예쁘다는 생각이 들었다.

## 9

내가 경찰서에 잡혀간 이유는 전단지 때문이 아니었다. 나는 도박장 전단지를 붙이지 않았다. 도박장 사장님이나 사모님에게 연결되지도 않았다. 성인 오락실은 전단지 광고를 보고 찾는 곳이 아니다. 광고가 도리어 고객을 쫓아내는 곳이다. 그들은 부모님에게 보증을 서게 한 뒤 날랐다. 오락실 영업에는 애초에 관심도 없었다. 도박장은 그저 자영업자로서의 유대감을 위해 운영되었다. 그들은 빚을 떠넘기고 파산하기 위해 도박장을 세웠다. 부모님을 등쳐 먹고 우리의 소중하고 비루한 단독주택을, 엄마의 일터를, 파란 눈썹 아줌마들의 사랑방을 경매에 넘어가게 했다. 그들은 내 고용주가 아니었다. 내게 한 장에 10원짜리 전단지를 맡기지 않았다.

학교가 끝나고 나는 곧장 집에 갔다. 아지트에 갈 수 없었기 때문이다. 공고 오빠가 수면을 취하고 달미가 그 모습을 바라보는 동안 나 혼자 무얼 하겠나. 분홍색 이불 한 채를 독차지하고 외로이 누워 천장을 바라볼까. 감회에 젖기는 좋을 테지만, 내게는 그런 상을 받을 자격이 없었다. 진혁과는 비디오방에서 이별한 터였다. 진혁은 내 팬티 무늬를 알고 있으면 안 되었다. 그 더러운 악취미를. 본관에서 나는 걸레로 소문나 있었다. 찐따도 걸레가 될 수 있다. 별관에서 뱀 나왔대! 뻥치시네. 별관에 걸레 있대! 구경 가자. 그 어린 초록 뱀은 진짜였을까? 나는 정말로 뱀을 봤을까? 물론 진혁이 어떻게 한번 해 보려고, 속된 말로 따먹으려고 접근한 건 아니었을 것이다. 그런 가벼운 마음이었으면 텀블링을 열 번이나 하지는 않았을 것이다. 진혁은 뇌진탕의 위험을 감수했다. 단지 내 고약한 조건절을 만족시키기 위해서. 나를 향한 진혁의 마음은 진실했다. 진혁은 못생긴 나와 사귀어 주었다. 진혁은 마더 테레사였다! 우리는 단지 헤어지기 위해 사귀어야 했을 것이다. 우리 집을 몰락시킨 부부 사기꾼이 파산을 위해 성인 오락실을 세운 것처럼.

대문 앞에는 체어맨 대신 경찰차가 있었다. 고대하던 순간이었다. 매일 밤 상상하던 일이 실제로 일어났다. 속이 후련했다. 나는 옥수를 성추행한 혐의로 무기징역에 처해질 것이다……. 옥수의 옷을 벗긴 건 내 손이었다. 달미의 손도, 추종자의 손도 아니었다. 그 여자애들한테는 잘못이 없었다. 그게 내가 경찰차 뒷좌석 문을 열게 된 경위다. 조수석 문을 열지는 않았다. 범인은 뒷좌석에 타야 한다. 차 안에는 아무도 없었다. 나는 빈 차에 앉아 연행되기만을 기다렸다. 서로 엇갈린 게 아닌지 걱정스러웠다. 미리 연락 좀 주고 오지. 경찰차 뒷문은 안에서 열 수 없게 되어 있다. 들어가는 건 되는데 나가는 건 안 된다. 형사를 찾아 나설 수 없었기에 안에서 기다리는 수밖에 없었다. 범인이 형사를 찾으면 모양새가 좀 이상할 것 같기도 했다. 보통은 반대로 하니까. 그래서 나는 경찰차 뒷좌석에 앉아 참회로 점철될 미래를 하염없이 기다렸다.

대문이 열리고 형사 두 명이 언니의 배웅을 받으며 나왔다. 각자 운전석과 조수석에 앉았다. 라디오를 틀었다. 둘은 저녁 메뉴를 상의하고 상사 험담을 하고 날씨 얘기를 하는 등 이런저런 화제로 무의미한 수다를 떨었다.

"안녕하세요." 뒤에서 내가 인사했다.

두 명의 형사가 아이씨 깜짝이야, 하면서 동시에 이쪽을 돌아봤다.


여성청소년과 사무실은 유치원 같았다. 나는 경찰차 안에서 만난 형사들에 의해 그 으스스하고 깜찍한 공간으로 인계 되었다. 하얀색 뭉게구름 두 개가 무지개다리의 끝과 끝을 떠받쳤고, 무지개다리 위로 '아이는 어른의 미래'라는 문구가 색종이에 한 글자씩 적혀 지그재그로 붙어 있었다. 총 여덟 글자여서 빨주노초파남보에 갈색 색종이를 더해야 했다. 거슬려서 자꾸 갈색을 바라보게 되었다. 자연 갈색은 아니었다. 무지개 동산에서 놀고 있을 때 이리저리 나를 찾는 아빠의 얼굴이 떠올랐다.

젊은 여경이 종이컵에 오렌지주스를 따라 주었다. 속이 메스꺼웠다. 오렌지주스를 좋아하지만, 지금 상황으로서는 부적절하다는 느낌이었다. 똑같은 모양의 종이컵에 오줌을 받아 와 여경에게 건넨 게 불과 몇 분 전이었다. 소변 검사가 아니라 손님 접대용인가. 나는 한 모금 마시는 척하고 종이컵을 내려놓았다. 책상에 놓인 과자는 마음대로 먹어도 된다고, 여경이 웃으며 말했다. 나도 모르게 뚫어지게 쳐다보고 있었나 보다. 주머니 속 동전을 헤아리면서. 전단지 아르바이트로 번 돈이 다 떨어져 가고 있었다. 나는 과자를 허겁지겁 주워 먹었다. 배고팠다. 혹시나 부모님이 굶긴다고 오해하면 어떡하지, 하는 걱정이 과자를 탐식하게 했다. 우리 부모님은 좋은 사람들이었다. 서로를 너무 사랑하는 게 문제지만. 적어도 우리 부모님은 사람이었다. 차장님은 괴물이었다. 불쌍한 차장님, 차장님이 보고 싶었다.

"차장님이 너를 만졌니?" 여경이 물었다.

나는 침으로 곤죽이 된 크래커를 종이컵에 뱉었다. 말을 해야 한다는 생각 때문이었다. 네? 라고 되묻기 위해서였다. 삼키면 그만인데, 마음이 급해 초면에 무례한 짓을 저지르고 말았다. 하나의 신체 기관에 두 가지 일을 맡긴 건 신의 실수다. 물론 차장님 걸 입에 문 채 '잘못했어요.'라고 말하는 건 좋았지만. 어떤 실수는 축복이 되기도 한다.

"네?"

여경의 설명에 따르면 나는 옥수 때문에 잡혀 온 게 아니었다. 달미의 어머니 때문이었다. 내가 양귀비 냄새로 인해 노란색 토를 한 다음 날, 달미의 과묵한 어머니는 어떤 '감'에 의해 온조중학교로 전화를 걸었다. 여자의 감, 어미의 감, 짐승의 감이었다. 담임선생님은 엄마에게 전화했다. 엄마는 눈썹 문신 시술 중이라 받지 못했다. 집이 넘어가니 마니 하는 난리 통 속에서도 영업은 계속되었다. 생업이란 그런 것이다. 아빠는 받았지만 장난 전화인 줄 알고 끊었다. 아빠는 내가 온조중학교 학생이라는 사실을 몰랐다. 내가 자식이라는 것만 기억해도 감지덕지였다. 담임은 초임 교사답게 이상한 사명감에 사로잡혀 있었다. 수소문 끝에 깡촌에 전화를 걸었다. 언니가 받았다. 나를 잡아넣은 건 언니였다! 차장님과의 관계를 언니는 어떻게 알았을까. 러브장을 훔쳐본 걸까. 우리의 먼지 구덩이 방에서? 배신감에 치가 떨렸다. 나는 고통스러웠고, 그 고통은 희열과 잘 구분되지 않았다. 물이 너무 뜨거우면 오히려 차갑게 느껴지는 것처럼.

"저를 만진 건 막둥이 삼촌이에요."

그때 내 입에서 왜 그런 얘기가 나왔는지는, 나도 모르겠다. 그건 내가 한 말이 아니었다. 목소리가 독자적인 생명을 얻어 자기 멋대로 나왔다. 차장님을 구하고 싶었던 걸까? 아니, 나는 이제 차장님이 안중에도 없었다. 차장님은 나를 체어맨에 태워 이 순간으로 데려다줬을 뿐이었다. 차장님은 나를 여경에게 에스코트했다.

여경이 녹음기의 테이프를 갈아 끼웠다. 빨간색 버튼을 눌렀다. "막둥이 삼촌이 누구니?"

"엄마의 막냇동생이에요. 엄마가 키우다시피 했대요. 엄마는 막둥이 삼촌 기저귀를 갈아 주고 삼촌은 제 기저귀를 갈아 줬대요. 삼촌도 4월에 태어났어요. 그래서 저랑 같이 생일 축하를 하려고 우리 집에 놀러 왔어요. 삼촌은 고등학생이었어요. 씨름 유망주라 뚱뚱했어요. 그래서 막둥이 삼촌인 줄 알았어요. IMF 때였으니까 저는 여덟 살이었어요. 옷 가게 아줌마 남편이 하던 쌍방울 공장이 망해서 저는 땡땡이 팬티를 입었어요. 밤에 자고 있는데 삼촌이 저를 만졌어요. 삼촌은 언니랑 제가 쓰는 방 바닥에서 잤어요. 오래된 단독주택이라 거실에 난방이 안 되었어요. 창고에는 팬티가 가득했어요. 거기는 원래 창고가 아니었어요. 일반적인 방이었어요. 그런데 팬티를 보관해야 해서 창고가 되었어요. 저는 자다가 배가 아파서 일어났어요. 일어나 보니까 삼촌이 제 팬티 속을 만지고 있었어요. 제가 침대 바깥쪽에서 자고 언니는 벽 쪽에서 잤어요. 삼촌이 손을 뻗으면 저한테만 닿았어요. 언니는 안 자고 있었어요. 언니는 잘 때 이를 가는데 이 가는 소리가 안 들렸어요. 제가 침대에서 일어나니까 삼촌이 바닥에 누워서 자는 척했어요. 저는 엄마 아빠 방에 가서 문을 열었어요. 문이 잠겨 있었어요. 문고리를 잡아당겨도 안 열렸어요. 부모님은 한 번도 안방 문을 잠근 적이 없었어요. 언니랑 저는 부모님이 사랑을 나누는 모습을 몇 번이나 봐야 했어요. 그런데 그날은 잠겨 있었어요."

암기한 것처럼 말이 나왔다. 지금껏 읽고 외우고 연습한 것 같았다. 물론 나는 연습하지 않았지만, 연습하고 훈련한 것 같았다. 외할머니 장례식 때 나는 엄마에게 물었다. 막둥이 삼촌 놀러 왔던 날 기억나? 왜냐하면 막둥이 삼촌에게도 엄마가 있다는 걸 깨달았기 때문이다. 입관 때 삼촌은 울 엄마 답답한 거 싫어하는디, 하면서 흐느껴 울었다. 나는 충격받았다. 삼촌에게 엄마가 있다. 아니, 있었다. 물론 외할머니가 삼촌의 엄마라는 건 알았지만 새삼 이상했다. 그날 문 왜 잠갔어? 나는 엄마에게 물었다. 엄마는 눈물 닦던 수건으로 바닥을 훔쳤다. 멀쩡한 얼굴이었다. 몰라, 삼촌 있어서 그랬나 보지.

나는 언니의 결혼식 날 아빠에게도 같은 질문을 했다. 왜 하필 그날이었느냐 하면, 언니가 너무 행복해 보여서였다. 언니의 웨딩드레스 안에 서빈이 들어 있어서였다. 언니가 서빈 때문에 형부와 결혼하는 게 아닌지 의심스러웠다. 피로연에서 아빠를 몰아세웠다. 아빠, 그날 문 왜 잠갔어? 나 열네 살 때 말이야. 왜 나만 빼놓고 소고기 구워 먹었어? 내 입에 넣어 주기 그렇게 아까웠어? 아빠는 딸꾹질을 하는 것처럼 울었다. 엄마는 아빠가 이혼당할까 봐 우는 줄 알고 이혼 서류가 든 손가방 버클을 얼른 채웠다.

윽. 세인은 그렇게만 말했다. 초등학생 때였다. 우리는 놀이터에서 재밌는 시간을 보냈다. 나는 마음이 벅차 마음속 보석함을 열었다. 세인에게 막둥이 삼촌 얘기를 했다. 그때는 불행을 나눠 갖는 게 우정인 줄로만 알았다. 윽. 세인의 반응이 예상과 달라 나는 당황했다. 쓸데없는 얘기를 지어내게 되었다. 내가 삼촌을 유혹했다고. 삼촌이 만져 주는 게 좋았다고. 완전히 거짓말은 아니었다. 그렇게 생각될 때도 있었기 때문이다. 내가 원해서 삼촌이 만졌다고 생각했다. 삼촌이 내게 무얼 했는지 나중에 깨달았음에도. 삼촌이 나를 만졌을 때 나는 그게 뭔지 몰랐다. 왕따를 당한 뒤 나는 물방울무늬가 남자의 손을 이끈다는 가설에 몰두했다. 온조중학교에 입학해서는 그 가설을 입증하기 위해 사물함 위에 앉아 팬티를 내보이곤 했다. 걸레라는 소문이 났다. 나는 그 소문이 마음에 들었다. 그 정도면 이유로서 적당했다.

애가 참을성이 많네, 언젠가 옷 가게 아줌마는 말했다. 빈말을 못해 겨우 찾아낸 칭찬거리였다. 나는 참을성이 많을 뿐만 아니라 그림을 잘 그렸다. 기술 가정 선생님이 인정해 주었다. 예쁘게 생겨서 그래, 김밥천국에서 차장님은 말했다. 같이 떡볶이를 못 사 먹어서가 아니라 예쁘게 생겨서 왕따를 당했을 거라고. 친구들이 질투한 거라고. 치치림, 예쁘게 생긴 우리 치치림. 차장님에게는 복잡한 문제를 간단히 일축하는 면이 있었다. 내용과 관계없이 나는 위안받았다. 막둥이 삼촌이 나를 만진 이유는 내가 예뻐서다.

"삽입했니?" 여경이 노트에 기하학적인 도형을 그리며 물었다. 사람들은 통화할 때 손이 심심하면 저런 그림을 그린다. "막둥이 삼촌이라는 사람이, 성기를 삽입했니?"

"손가락을 삽입했어요." 차장님이 아니었으면 이런 단어는 창피해서 입에 담지 못했을 것이다. 예전만 해도 나는 성적인 단어를 입 밖에 내면 즉사하는 줄 알았다. 기념할 만한 섹스

후, 빨간딱지가 붙은 집으로 향하는 체어맨 안에서, 우리가 함께한 마지막 순간이었던 자정 무렵, 우리의 '성금요일'에, 차장님은 내게 '자지'나 '보지' 등의 외설스러운 단어를 발음하게 했다. 고마워요, 차장님. "막둥이 삼촌이 제 생식기에 손가락을 삽입했어요."

나는 무심결에 종이컵을 들어 오렌지주스를 마셨다. 액체 속에 곤죽이 된 과자 덩어리가 가라앉아 있었다. 달미의 집 화장실에서 봤던 예쁜 노란색 토가 떠올랐다. 나는 토사물보다 예쁘지 않다.

막둥이 삼촌이 성기가 아닌 손가락을 삽입한 데 여경은 실망한 것 같았다. 낙담한 표정이었다. 나는 하마터면 '잘못했어요.'라고 빌 뻔했다. 상심하게 한 것 같아 죄송했다. 성금요일에 나는 차장님이 보는 앞에서 다리를 벌리고 질 안에 내 가운뎃손가락을 넣었다. 차장님의 성기라고 상상하면서 자위했다. 거부하면 살해당할 것 같아서였다. 기분이 영 나쁘지는 않았다. 살인마와 섹스해도 애액은 흐른다. 상상 속에서 내 손가락이 차장님의 성기라면 그건 손가락이라고 해야 할까 성기라고 해야 할까. 내 손가락은 차장님의 성기와 다른가. 막둥이 삼촌의 손가락은 막둥이 삼촌의 성기와 다른가. 인간의 몸을 둘러싸고 있는 건 하나의, 단 한 조각의 피부다.

"괜찮아?" 여경이 자리에서 일어나 가습기를 틀었다. "봄이라 가렵나 보구나."

나는 종이컵 안의 더럽고 아름다운 물질을 바라봤다. 과자에서 흘러나온 기름이 오렌지주스 표면에서 소용돌이쳤다. 무지갯빛을 띠었다.

"너는 꿈이 뭐야?" 여경이 '아이는 어른의 미래' 문구 아래서 물었다. 갈색 색종이가 눈에 거슬렸다.

"게요." 내가 대답했다. "다시 태어나면 게가 되고 싶어요."

여경은 차장님에 대해 물었다. 나는 당연히 왜요? 되물을 수밖에 없었다. 부적절하기 때문이야, 여경이 답했다. 나는 우리의 관계를 고백했다. 그렇게라도 차장님을 만나고 싶었다. 우리의 연애가 왜 범죄 취급을 받는지는 알 수 없지만, 차장님이 조사를 받으러 오면 만날 수 있으리라 여겼다. 오피스텔이 안 되면 구름과 무지개다리로 장식된 그 바보 같은 공간에서라도 만나고 싶었다. 어차피 풀려날 테니까. 우리는 그저 서로를 사랑했을 뿐이니까.

3월, 언니의 생일날 미역국 도시락을 싸서 깡촌에 갔다. 구내식당에서 나는 창밖을 지나가는 체어맨을 봤고 차장님 얘기를 들었다. 차장님은 체어맨 안에서 나를 봤고 소문으로만 들었던 경리 동생이라는 걸 알았다. 4월 9일 수요일, 내 생일날 나는 언니에게 봄옷을 배달하러 깡촌에 갔다. 심부름비

혹은 용돈으로 만 원을 받았다. 버스 정류장에서 차장님은 나를 기다렸고 나는 차장님의 체어맨에 탔다.

"잠깐." 여경이 내 말을 멈춰 세웠다. "만 원을 누가 줬니?"

"언니가요."

체어맨에 탄 건 그다음이었다. 여경은 차장님이 내게 돈을 준 적이 있는지 궁금해했다. 그게 왜 궁금한지 알 수 없었다. 차장님은 내게 돈을 준 적이 없다. 나를 사랑하지 않는다는 증거일까? 엄마도 내게 용돈을 안 줬다. 중학생이 되자마자 전단지 아르바이트를 시켰다. 엄마는 나를 사랑하지 않았다. 언니도 사랑하지 않았다. 언니는 엄마 때문에 여상에 진학해야 했다. 고3이었지만 수능 공부를 하는 대신 깡촌에서 일해야 했다.

"차에는 왜 탔니? 그 남자가 타라고 했니?"

"아니요."

설명하기 어려웠다. 차장님은 그저 체어맨 안에서 나를 기다리고 있었다. 나는 그 사실을 알고 있었다. 타라고 하기도 전에 내가 먼저 차에 탔다. 우리는 서로를 알았으나 아직 만나지 않았다. 미래를 기억했기에 만날 수 있었다.

"차장은 그날이 네 생일이라는 걸 알고 있었니?"

그렇다고 대답하자 질문 지옥이 펼쳐졌다. 네가 생일이라고 얘기했니? 아니요. 차장은 네 생일을 어떻게 알았니? 모르겠어요. 차장이 네 생일을 안다는 걸 너는 어떻게 알았니? 왜 이렇게 생일에 집착하는지 알 수 없었다. 주책맞게 기분이 좋아지려고 했다. "벚꽃을 보면서 좋은 날 태어났다고 하셨어요."

차장님은 나를 집에 데려다줬지만 우리는 헤어지기 싫었다. 오피스텔에서 나는 동오와 스타크래프트를 하고 놀았다. 차장님은 동오와 내게 소고기를 구워 주었다. 차장님은 나를 털끝 하나 건드리지 않고 귀가시켰다. 차장님의 이혼한 아내가 동오를 데리러 오는 날이었다. 4월 18일 금요일, 차장님과 나는 김밥천국에서 떡볶이를 먹었다. 그런 다음 오피스텔에 가서 '성금요일'을 보냈다.

"싫다고 말했니? 안 된다고, 하지 말라고 단호히 얘기했니? 싫다고 소리 질렀니?" 여경이 물었다. 아까 막둥이 삼촌 얘기를 들었을 때 물었던 것처럼. 나는 싫다고 하지 않았다. 싫은지, 좋은지, 그게 무슨 짓인지 몰랐기 때문이다. 침대에서 일어나 부모님 방에 갔을 뿐이다. 안방 문은 잠겨 있었다. 나는 다시 우리 방 침대로 가 바깥쪽 자리에 누웠다. 언니는 이를 갈았고 삼촌은 코를 골았다. 쿨워터 냄새가 났다.

"아니요." 차장님이 내게 허락한 말은 '잘못했어요.'뿐이었다. 질문도 금지였다. 시체 박람회에 전시되지 않으려면 따라야 했다. 물론 살해당하리라는 사실에는 변함이 없었지만.

"안 싫었어요. 좋았어요. 저는 좋음을 느꼈어요."

나는 우리의 성금요일을 진술했다. 여경이 녹음기를 끄고 다른 조사관을 데려왔다. 조사관이 듣고 나가더니 또 다른 조사관을 데려왔다. 나는 자세하게, 점점 더 자세하게 얘기해야 했다. 동오는 오피스텔에 없었어요……. 나는 기억하고 또 기억해야 했다. 누구도 노트에 기하학적 도형을 그리지 않았다.

**10**

 법정에서 언니는 내 생일이 5월이라고 주장했다. 4월 9일은 음력 생일이라고. 언니는 증인 선서문을 낭독한 뒤였다. 양심에 따라 숨기거나 보태지 아니하고 사실 그대로 한 말에 의하면, 성금요일에 나는 만으로 열두 살이었다. 아동이었다.

 판사는 엄마에게 내 출생일을 확인했다. 엄마는 가물가물하다고 했다. 입증해 줄 기록도 없었다. 언니는 병원에서 태어났지만 나는 빨간 고무 다라이, 요새는 대야라고 하나?, 에서 태어났다. 연예인들의 출산 모습이 텔레비전에 자주 나오던 때였다. 물에다 애를 낳는 게 선진적인 문화라고 추앙되던 분위기였다. 엄마는 가구마다 붙은 빨간딱지도 드라마에서 봤다며 사진 찍는 사람이었다. 당연히 연예인들처럼 수중 분만을 했다. 근사한 튜브에서는 아니고, 김장용 고무 다라이에서 나를 낳았다.

당연히 아빠도 내가 언제 태어났는지 기억 못 했다. 출생신고를 양력으로 했는지 음력으로 했는지. 언니는 길길이 날뛰었다. 아빠 주민등록번호도 음력 생일이잖아. 고3 때 학교 다니다 군대 갔다며. 전역하고 다시 학교 다녔다며. 판사가 언니에게 자중하라고 주의를 주었다. 아빠는 음력으로 신고한 것 같다고 더듬더듬 말했다. 말투가 영 미덥지 못했다. 언니의 증언에도 신빙성이 없었다. 내가 태어난 해에 언니는 여섯 살이었다.

"마당 벚나무 잎이 초록색이었어요." 언니가 말했다. 정확히 5월이라고 기억하는 건 아니지만, 4월 9일이 아닌 것만은 확실하다고 했다. "엄마가 마당에서 동생을 낳아서 기억해요. 다라이 안에 초록색 잎이 떠 있었어요. 분홍색이 아니었어요. 떠내려고 했는데 산파가 저리 가라고 민 기억이 나요."

좋은 날 태어났구나, 분홍색 터널을 지나는 체어맨 안에서 차장님은 그렇게 말했다. 언니 말이 맞는다면 나는 좋은 날 태어나지 않았다. 벚꽃이 다 지고 태어났다. 그게 내 얼굴이 못생긴 이유다. 차장님은 내가 만으로 열세 살이 되기만을 기다렸던 걸까? 감옥에 가기 무서워서? 그래서 우리는 3월이 아니라 4월에 만난 걸까? 3월에도 나는 깡촌에 갔다. 미역국 도시락을 싸다 줬지만 언니는 먹지 않았다. 체어맨은 구내식당 창밖을 스쳐 지나가기만 했다.

옛날에는 벚꽃이 늦게 피고 늦게 지지 않았을까? 차장님이 어렸을 때 여자애들의 초경 시기가 늦었던 것처럼. 성금요일에 차장님은 내게 생리를 하는지 확인했다. 초경을 겪었느냐는 의미였지만 나는 당일 한정으로 오해했다. 생리를 안 한다고 대답했다. 우리는 안전장치 없이 사랑을 나누었다. 몇 주 뒤 나는 달걀찜을 먹다 토했다. 달미의 어머니가 담임에게 전화를 걸었다. 담임이 언니에게 전화했다. 차장님과 나는 법정에서 재회했다.

내가 언제 태어났는지, 생일이 양력인지 음력인지는 금세 사안에서 제외되었다. 벚꽃 개화 시기, 지구온난화 등등이 거론된 터였다. 벚나무에 꽃잎이 달렸든 나뭇잎이 달렸든, 분홍색이든 초록색이든 중요하지 않았다. 서류에 찍힌 숫자가 중요했다. 내가 대한민국에 회원 가입한 날짜는 4월 9일이었다.

올해 내 생일이 수요일이어서 다행이었다. 수요일이 동오가 떠나는 날이라 다행이었다. 냉장고에 소고기가 있어서 다행이었다. 차장님이 소고기를 구워 줘서 다행이었다. 피의자 측 변호인은 성폭행이 아니라 성매매였다는 주장을 펼쳤다. 고가의 음식을 제공했으므로, 성매매였다. 대가성이 있었다. 나는 중학생이라기보다는 아르바이트로 생활하던 소녀로 해석되었다. 급한 전화를 받기 위해 잠시 정차했던 차에 별안간 내가 탔고, 음식을 요구했다. 먹을 걸 사 달라고 직접 말한 건 아니었지만 배에 꾸르륵 소리를 내면서 핸드폰 고리를 빠는, 먼지를 뒤집어쓴 꼬질꼬질한 애한테 어느 누가 음식을 안 먹이고 배길까. 변호인의 얘기를 들으며 나는 얼굴이 달아올랐다. 그렇지만 항변하지는 않았다. 차장님을 구하는 게 급선무였다. 변호인의 주장에 따르면, 차장님은 섹스의 대가로 내게 소고기를 먹였다. 물론 소고기를 먹은 건 수요일이었다. 섹스는 그다음 주 금요일에 했다. 대가는 먼저 치러지기도 한다. 엄마도 아줌마들에게 눈썹 문신 시술을 하기 전에 미리 돈을 받곤 했다. 선결제, 그거였다.

재판은 섹스와 비슷했다. 질문 금지 규칙이 있었다. 묻고 싶은 게 많았지만 참아야 했다. 차장님이 단지 섹스를 위해 소고기를 먹인 걸까? 예쁘게 생긴 애는 맛있는 걸 먹어야 한다고 했는데. 그게 세상이 공정하게 돌아가는 방식이라고 했는데. 별관에 창녀 있대! 그런 소문이 벌써 귀에 들리는 듯했다. 왕따당하는 모습이 눈앞에 선했다. 차장님을 위해서라면 그깟 수모쯤은 감내할 수 있었다. 물론 나는 성매매라고도 성폭행이라고도 생각하지 않았다. 아무도 내 생각에 관심이 없었다. 항소심에서 변호인은 말을 바꿨다. 대가를 제공하지 않은 게 우리가 연인 관계인 근거라고 했다. 차장님은 내게 소고기를 먹었지만 돈은 주지 않았다. 그게 사랑의 근거라고 했다. 그렇다면 엄마는 나를 사랑한 걸까?

재판이 진행되는 와중에도 시간은 착실히 흘렀다. 학교에서 나는 쪽지 시험을 보고, 피구를 하고, 에버랜드로 소풍을 가고, 보충수업을 듣고, 숙제를 하고, 새천년건강체조를 하고, 기말고사를 보고, 몽쉘을 선물하고, 웃고, 떠들고, 혼나고, 또 웃고 떠들었다. 학주는 반만 염색된 머리를 보고도 시비 걸지 않았다. 여름방학은 집 안에서만 보냈다. 달미의 집에도 아지트에도 안 갔다. 2학기 중간고사를 봤고, 기말고사를 봤다. 평균 82점을 받아 담임선생님을 기쁘게 했다. 전이었으면 같은 점수라도 실망시켰을 텐데, 수학 7점이 나를 도왔다. 언니는 나를 병원에 데려갔다. 나는 들어가기 싫었다. 언니가 내 등을 때리는 것처럼 떠밀며, 뒤로 눕다시피 한 나를 진료실 안으로 몰아넣었다. 들어가! 들어가라고! 설마 내가 너를 죽이겠니? 결국 진료실로 나를 데려간 건 내 두 발이었다. 검사를 받으려고 주사를 맞았는데 눈을 떠 보니 내가 병원 침상에서 기저귀를 차고 누워 있었다. 기절했다 깨어난 느낌과 비슷했다. 삶이 얼마간 공짜로 지나간 것 같았다. 내 삶이 나 없이 지나간 것 같았다. 만족스러웠다. 설마 내가 너를 죽이겠니? 응, 언니가 나를 죽인 건 아니었다.

어떤 실수는 축복이 되기도 한다. 나중에, 언니의 배 속에 서빈이 생겼을 때 나는 당황했다. 왜? 라는 물음이 떠올랐다. 아기를? 왜? 언니가? 왜? 질문 지옥에 빠지는 대신 굉장하네, 하고만 말했다. 언니는 반사적인 웃음을 터뜨렸다. 굉장한…… 웃음이었다. 유감스럽게도 언니와 나 사이에 미움 대신 요령이 자리 잡은 뒤였다. 서빈을 임신 중이었기 때문에 언니는 외할머니 장례식에 오지 못했다. 입관 때 막둥이 삼촌이 우는 모습을 보지 않아도 되었다. 그날 왜 자는 척했어? 왜 벽에 붙어서 자는 척했어? 잤어? 그럼 왜 잤어? 안 잤어? 그럼 왜 안 잤어? 왜 안 자는데 자는 척했어? 언니가 결혼할 때도 당황스럽기는 마찬가지였다. 호떡이 생겼을 때는, 서빈 때보다 마음이 더 복잡했다. 복잡했지만 이내 홀가분해졌다. 호떡은 실수가 아니었다. 20년 가까이 이어 온 지독한 게임에서, 게임을 하고 있다는 사실조차 몰랐지만, 언니가 이긴 셈이었다. 언니가 이기고 나서야 나는 우리가 게임을 하고 있었다는 사실을 알았다. GG.

너한테 이런 얘기를 하는 게 염치없게 느껴진다. 오해는 하지 말아 줬으면 해. 이건 반성문이 아니니까. 연애편지나 러브장은 더더욱 아닐 테다. 작별 편지, 라고 하면 너무 낭만적일까. 고백건대 나는 너를 사랑하지 않았다. 한 번도, 한순간도 사랑한 적이 없었다. 나는 너를 사랑하지 않는다는 생각을 매일 한다. 매일, 매시간, 매분, 매초 생각한다. 사랑하지 않는 나의 치치, 치치새는 찾았니?

1심에서 피고인은 징역 2년 6개월을 선고받았다. 죄질이 불량하여……. 항소심에서도 같은 판결이 내려졌다. 나는 무력감을 느꼈다. 차장님을 사랑할 자격이 없는 것 같았다. 왜 내가 아니라 차장님이 감옥에 가야 한단 말인가.

피고인은 상고했다.

나는 A4 용지에 탄원서를 썼다. 사회 선생님이 칠판에 한반도 지도를 번개 모양으로 그리고 있었다. 사회 선생님은 뒤통수에 생긴 스트레스성 탈모 때문에 판서를 지양하는 분이었다. 흔치 않은 기회였다. 나는 재빨리 사회과 부도를 들치고 순결한 흰 종이 위에 펜을 놀렸다. 종이는 교무실에서 한 장 얻어 온 것이었고 펜은 달미에게서 빌린 하이테크였다.

'존경하는 재판장님, 만약 사랑이 죄라면 저는 사형수입니다…….'

진심이 느껴지지 않는 것 같아 이응 자리마다 반짝거리는 하트 스티커를 붙였다. 지난번 러브장을 꾸미기 위해 팬시점에서 샀던 스티커였다. 거금 5000원을 투자해 48색 색연필과 반짝이 펜 등과 함께 샀다. 차장님을 사랑한 만큼 스티커가 줄어 있었다. 나는 탄원서를 무지갯빛으로 꾸몄다. 최종 판결

때, 탄원서는 언급되지 않았다.

　마지막 재판이었다. 나는 원고, 차장님은 피고였다. 엄마와 아빠와 언니가 감히 증인석에 앉아 있었다. 세 명의 판사가 부엉이처럼 우리를 내려다봤다. 검사와 변호사가 사랑을 정의 내리기 위해 분투했다. 우리는 우리의 사랑을 공판정에서 증명해야 했다. 우리의 사랑이 사랑인지 가려내야 했다. 변호인이 디스플레이에 증거 자료를 띄우자 방청객은 폭소했다. 그러고는 체면치레로 헛기침을 했다. 방청석에 앉은 아줌마들은 하나같이 눈썹이 짙고 푸르딩딩했다. 공판정에 입장하는 판사들을 흠칫하게 했던 눈썹이었다. 얼마나 괴이했을까. 변호인이 띄운 증거 자료는 내가 차장님에게 등기우편으로 보냈던 러브장의 한 페이지였다. 키싱구라미 두 마리가 뽀뽀하는 그림이 화면을 가득 채웠다. '키싱구라미는 짝이 죽으면 살지 못한대. 외로워서 죽기도 하고 굶어 죽기도 한대. 근데 어쩌지? 나도 키싱구라미가 되어 버렸어. 너가 없으면 살지 못하니깐.'

　가슴이 자긍심으로 부풀어 올랐다. 내 러브장이 차장님을 구할 것이다. 차장님의 죄를 사할 것이다. 아니, 차장님에게는 죄가 없다! 만약 사랑이 죄라면 우리는 사형수다. 감옥에서 빨간 명찰을 달고 백년해로할 것이다. 한날한시에 죽을 것이다. 그때까지만 해도 나는 차장님을 구한 게 내가 아니라 언니라는 사실을 몰랐다. 우리 가족의 단독주택이 낙찰되었다는 사실도. 명의자는 이제 아빠가 아니라 언니였다. 차장님으로부터 받은 합의금 4000만 원으로 언니가 경매에 응찰한 것이었다. 훗날 단독주택은 언니의 신혼집인 위례 신도시 아파트의 자금 마련을 위해 매각된다. 그 낭만적인 증거 자료가 1심과 2심 때 공개되지 않은 이유는 다음과 같다. 사실, 러브장은 반송되었다. 수신인이 본사로 돌아간 터였다. 나는 노란색 어여쁜 토를 했고 언니는 차장님을 고발했다. 피고인은 징역형을 두 차례 선고받았다. 그런 뒤 합의가 이루어졌다. 우리 가족의 단독주택이 외지인에게 팔릴 위기였기 때문이다. 언니는 합의금 4000만 원을 받은 뒤 나를 병원에 끌고 갔다. 그런 다음 러브장을 변호인에게 건넸다. 차장님을 구한 게 언니라고는 이미 얘기했다. 그렇지만 위기에 빠뜨린 것도 언니였다. 구하려고 위기에 빠뜨렸는지도. 이 모든 짓거리는 어른들의 사정이었다. 아마 언니는 러브장이 작성된 시점이 내가 차장님을 만나기 전이라는 걸 알고 있었을 것이다. 그렇지만 함구했다. 뭐, 결과적으로는 잘된 일이었다.

차장님이 최후진술을 했다. 사회적 혼란을 야기하고 물의를 빚은 데 깊이 뉘우치고 반성하고 있으며 너른 이해로 아량을 베풀어 주신다면 한 아이의 아버지로서 가정에 헌신하고 조국의 발전에 이바지하겠다……. 여기서 '한 아이'란 동오를 뜻했다. 마음이 언짢아지려고 했다. 내가 동오의 엄마가 되어 주는 것도 좋겠지. 차장님이 이혼하지 않았다는 사실은 나중에야 아줌마들의 대화를 듣고 알았다. 파견이라는 명분으로 잠시 떨어져 산 것에 불과했다고 한다. 별거, 오늘날 내 부모님이 취하고 있는 그런 상태였다. 열네 살 때 나는 도무지 아는 게 없었다. '사랑밖엔 난 몰라.'였다. 나도 아빠처럼 사랑꾼이었다. 언니는 엄마를, 나는 아빠를 닮았다. 그게 내 가슴이 A컵보다 작은 이유였다. 물론 차장님이 이혼했다고 거짓말한건 아니었다. 내가 제멋대로 오해한 것이었다.

피고인이 비굴한 최후진술을 마쳤다. 가운데 앉은 재판장이 원고를 사랑했느냐고, 변호인이 아닌 당사자에게 직접, 확인했다. 나는 법정에서 공개 프러포즈를 받았다.

재판장의 언도에 의하면 우리의 관계는 사랑이었다고 한다. 그 근거는 내가 보낸 '연애편지'가 흑백이 아니라 컬러라는 데 있었다. 아마 재판장은 러브장이 뭔지 몰랐던 것 같다. 누가 러브장을 검은색 펜으로 쓴단 말인가. 만약 사랑이 아니었으면 내가 그렇게 알록달록하고 반짝반짝하게 꾸미지는 않았을 거라고 했다. 재판장은 그러한 논조로 오 분가량 판결문을 낭독했다. 나는 기뻤지만, 내 사랑이 시시각각 퇴색된다는 느낌을 받았다. 죄가 중하지 않다고 할 수는 없으나 형사처벌의 전력이 없고 법정대리인인 친권자와의 합의가 이루어졌으며 원고가 처벌을 바라지 않는다는 점으로 미루어…… 피고인에게 무죄를 선고한다.

그해는 세 차례의 재판으로 순식간에 흘러갔다. 나는 온조중학교 2학년이 되었다. 별관 반 아이들은 모두 본관으로 보내졌다. 평준화에 의해 재수 없이 온조중학교에 배정된 신입생들, 그중 일부가 별관의 세 학급을 채웠다. 불행 중 불행이었다. 나는 후배가 생긴다는 게 신기했다. 아이들이 매년 태어난다는 사실이 신기했다. 후배 중에는 당연히 특수아도 한 명 있었다. 마주치는 사람마다 가위바위보를 거는 애였다. 가위바위보를 하고, 이기거나 지거나 비긴 다음, 또 다른 사람에게 가위바위보를 걸었다. 동오가 떠올랐다. 내가 동오를 그리워하는지 아닌지 헷갈렸다. 나는 달미와 다른 반에 배정되었다. 달미의 추종자와 단짝이 되었다. 우리는 강당에서 옥수의 옷을 벗겼던 추억으로 맺어졌다. 진혁과는 본관 복도나 정수기 앞에서 마주칠 때가 많았다. 서로 눈을 피했다.

나는 특별활동으로 미술반에 들었다. 이런저런 애매한 사생 대회에 다니며 애매하게 동상 정도를 받았다. 부모님께 미술 학원에 보내 달라고 요구했다. 미술에 열정이 있어서는 아니었고, 집안을 패가망신시키고 싶어서였다. 엄마는 머리에 수건을 두르고 앓아누웠다. 아빠는 엄마에게 물을 떠다 주고 이마에 자기 손등을 대어 체온을 재는 등 호들갑을 떨었다.

부모님의 열화와 같은 반대와 비통에 빠진 모습이 그림에 대한 사랑을 부추겼다. 언니가 내 뒷바라지를 하겠다고 나섰다. 언니는 깡촌에서 보복성 해고를 당해 집에서 쉬고 있었다. 이제 언니가 우리 집의 서류상 주인이었기 때문에 부모님은 찍소리도 못 했다. 셋 다 가증스러웠다.

시간이 흐른 뒤 부모님 사이에서 이혼 얘기가 나오기 시작했다. 특별한 계기가 있었던 건 아니었다. 황혼 이혼이 유행이라서? 정확한 이유는 나도 모른다. 아마 신도 모를 것이다. 어느 날 엄마가 집을 나갔고 나는 한동안 아빠와 둘이 살았다. 그러다 대학 갈 나이가 되어서 나도 집을 떠났다. 언니는 다른 지역에서 중소기업 경리로 일했다. 건실해 보이는 남자와 결혼했다. 같은 회사 대리라고 했다. 신혼집 마련을 위해 우리 가족의 단독주택을 1억에 팔았다. 나는 창고 방에 쌓여 있던 물방울무늬 팬티를 마당에서 불살랐다. 그러지 않으면 언니가 챙겨 두었다가 서빈에게 입힐 것 같았다. 나는 서빈을 사랑하지 않았지만, 서빈이 그 팬티를 입는 건 싫었다. 벚나무 가지가 앙상했다. 부모님은 또 이혼을 미뤘다.

땡땡이 팬티를 태워 버린 뒤 나는 일종의 관성에 사로잡혔다. 자취방에 있는 물건을 버리거나 팔았다. 통장을 정리하고 핸드폰 애플리케이션을 삭제하고 최근에 연락하지 않은 사람의 전화번호를 지웠다. 신변을 정리했다. 샴푸와 바디 워시를 버리고 쿨워터 향 올인원 제품을 썼다가 소양증이 생겼다. 헤어진 남자 친구에게 전화를 걸어 너희 엄마의 양념게장이 먹고 싶다고 술주정했다. 그런 다음 번호를 지웠다. 외주 작업을 하는 틈틈이 피부과에 다녔다. 언니에게 빚을 청산했다. 서빈에게 하리보를 선물했다. 동네 의원에서 가려운 걸 참지 말라는 얘기를 들었다. 치르치르의 옷을 민무늬로 갈아입히고 밤하늘에서 무지개를 지우고 캐릭터의 눈썹을 일반적인 색깔로 바꿨다. 돼지감자차를 마셨다.

서빈의 금빛 900일로부터 27일 뒤, 호떡이 태어났다. 언니의 시부모님은 혹시라도 파란색 배냇저고리를 분홍색으로 바꿔야 할까 봐 안달복달했다. '왕자님'이라는 말을 들은 뒤에야 비로소 안심했다. 손가락 발가락도, 세상에, 열 개씩이나 있었다. 언니가 병실에서 회복하는 동안 우리 부모님과 형부와 사돈 내외와 나는 호떡이 있는 공간으로 안내되었다. 유리창에 이마를 붙이고 섰다. 참, 그 자리에는 막둥이 삼촌도 있었다. 장충 체육관에서 씨름 심판을 보고 귀가하는 길에 종손자의 탄생을 축하하려고 들른 것이었다. 삼촌은 낙지 요리점을 폐업한 뒤 심판 일을 시작했다. 시합이 끝난 뒤 병원에 꽃다발을 들고 찾아왔다. 꽃집에서 샀는지 천하장사의 몫을 하나 슬쩍했는지 알 수 없었다. 중요한 것도 아니었다. 중요한 건 그게 꽃다발이라는 사실이겠지. 꽃다발은 누가 들든 꽃다발일 뿐이다. 내 마음이 평온했던 건 호떡이 서빈이 아니어서 였을까. 호떡이 '왕자님'이었기 때문에? 뭐, 이것도 중요하진 않다.

유리창 너머에서 간호사가 똑같이 생긴 무수한 아기들 중 하나를 안아 들었다. 수산업자가 튼실한 광어를 골라잡아 뜰 채로 떠내듯. 좌중의 탄성이 터졌다. 감동의 순간을 틈타 아 빠가 엄마의 어깨를 안았다. 엄마는 어깨를 튕겨 아빠의 손을 털어 냈다.

"이혼할 거야?" 나는 엄마에게 귓속말로 물었다. 호떡이 태 어났으니 이제 부모님에게는 남은 구실이 없었다.

목소리가 새어 나갔는지 아빠가 긴장하는 게 느껴졌다. 아 빠는 엄마 말이라면 껌뻑 죽었다. 어떤 말도, 설령 도장 찍으 라는 말이라도 따를 것이다. 그런 뒤 자살할 것이다. 다행히 엄마는 대답하지 않았다. 호떡에게 정신이 팔려 있었다. 얼빠 진 표정이었다. 내가 태어났을 때도 엄마는 저런 표정이었을 까? 마당의 빨간 고무 다라이 안에서?

간호사가 호떡을 유리창 가까이 대 우리에게 잘 보이도록 했다. 귀여워하라고 강요하는 것 같았다. 형부는 울먹거렸고 사돈 내외는 박수를 쳤다. 아빠는 엄마를, 엄마는 호떡을 미 소 지으며 바라봤다. 막둥이 삼촌은 품 안에서 꽃다발을 부 스럭거렸다. 나는 호떡을 똑바로 쳐다보며, 내가 무얼 느껴야 하는지 생각해 보았다. 그 생각이 너를 사랑하지 않는다는 생각을 밀어내려고 했다. 치치, 사랑하지 않는 나의 치치, 너는 호떡이 아니었다. 호떡은 네가 아니었다. 기이한 일이었다. 너는 저 많은 아기 중에 없었다.

엄마가 핸드백 안에 손을 넣어 이혼 서류를 만졌다. 나는 주머니에 손을 넣어 돈 봉투를 만졌다. 아까 대기실에서 형부가 건넨 것이었다. 미안해, 처제. 장모님이랑 장인어른께서 말씀 나누시는 걸 어쩌다 들었어. 언니한테 등록금 빌렸다며. 이걸로 갚아. 내가 줬다는 얘기는 하지 말고. 이미 갚았다고 돌려주려 하자, 나중에 서빈과 호떡이 자라면 과잣값으로 써 달라고 했다. 왜 굳이 그런 번거로운 일을 해야 하는지 이해가 안 됐다. 형부는 위례의 신혼집 방 한 칸이 내 극단적 섹스를 대가로 언니가 받아 낸 합의금이라는 걸 몰랐다. 그때 언니는 고작 열아홉 살이었다. 나는 형부에게서 돈 봉투를 받았다. 나는 돈 욕심이 없으니까, 아마 언니에게 건넬 것이다. 돈에 환장한 건 내가 아니라 언니니까. 형부가 용돈 줬어. 언니가 써. 내가 줬다고는 하지 말고. 엄마 아빠한테 뜯기지도 말고.

"처제." 유리창에 이마를 붙인 형부가 팔꿈치로 내 팔을 쿡 찔렀다. 유리에 숨이 동그랗게 맺혔다가, 사라졌다가, 다시 맺혔다. "어때?"

"뭐가요?"

"이모가 된 기분이 어때?" 형부는 서빈의 존재를 완전히 잊은 모양이었다. 그건 나도 마찬가지였다. 모든 아기는, 모두 처음 태어난다.

"음." 나는 창에서 한 발짝 물러났다. "굉장하네."


대법원 앞에도 김밥천국이 있다. 당연하고도 놀라운 사실이었다. 우리는 마지막 판결을 앞두고 있었다. 잠시 휴정했다. 재판도 밥은 먹고 해야 한다. 우리 네 식구는 실로 오랜만에 한 테이블에 둘러앉았다. 메뉴판을 보며 각자 먹고 싶은 걸 시켰다. 언니와 엄마는 돈가스를, 나는 떡볶이를 골랐다. 김밥천국은 내가 홍익인간에서 치치림으로 다시 태어난 곳이었다. 치치새가 사는 숲. 감회에 젖을 수밖에 없었다.

세 여자가 수저를 놓고 물을 따라 마시는 동안 아빠는 계속 고민했다. 이걸 고르자니 저게 울고 저걸 고르자니 이게 운다고 했다. 문이나 걸어 잠그고 소고기나 구워 드시지, 하는 고약한 생각이 들었다. 엄마가 답답하다는 듯 언니와 내 등 뒤편의 무언가를 가리켰다. 그냥 저거 먹어, 저거. 나는 엄마의 집게손가락이 가리키는 쪽으로 무심결에 뒤를 돌았다. 벽에 붙은 포스터를 보았다.

꽁치 김치 조림.

단어마다 앞 글자가 크게 강조되어 있었다. 나는 당연히 뒤 글자들에 주목했고, 사레가 들려 캑캑대기 시작했다. 기침하면서 동시에 웃을 수 있다는 건 그때 처음 알았다. 웃다 기침하다 웃다 기침했다. 딸꾹질도 나왔다. 공복이 아니었다면 아마 토를 했을지도 모른다. 물론 내 몸속에는 이제 아무도 없었다. 숲이 흔들리는 게 느껴졌다. 흔들리는가 싶더니 이내 잠잠해졌다. 치르치르와 미치르가 모험을 마치고 집으로 돌아간 것 같았다.

왜 그래, 미쳤어? 언니가 내 등을 두들기며 짜증을 냈다. 엄마가 가운데 파란 줄이 간 티슈를 뽑아 건넸다. 아빠는 오른손을 들고 음식을 주문했다. 코가 시큰거리고 속눈썹에 눈물이 맺혔다. 눈물을 흘리지는 않았다. 나는 행복했다. 내 이름은 치치림. 꽁치 김치 조림, 치치림. 그때 나는 원고였고, 내가 기억하는 미래에서 피고에게는 아직 무죄 판결이 내려지지 않았다.

## 작가의 말

사랑하는 ＿＿＿＿ 님께

맨 처음 붙였던 제목은 '사랑'이었다. 혹은 사랑하지 않음. 혹은 사랑일 리 없음.

그러니까, 사랑.

그럴 리가.

지난해 4월에 생일 기념으로 썼다. 미시마 유키오의 『금색』을 읽고 있었다. 왠지 '육욕'이라는 단어에 꽂혔다. 육욕. 거꾸로 하면 능놕. 연애소설을 쓰고 싶었는데 한바탕 칼춤을 춘 것 같다.

펜이 칼보다 강하다는 말은 펜촉으로 상대의 배를 쑤실 때만 유효하다.

대사는 세 줄을 넘기지 않는 편인데, 한 페이지 가까이 써 버렸다. 꼭 대사여야만 했다. 누가 중간에 끊어서도 안 되었다. 그 한 페이지의 대사를 위해 지금껏 소설을 써 왔다는 생각이 든다.

이 년 남짓 앓았던 피부병이 갑자기 나았다. 갑자기 생겼으니 당연한가? 이 분야의 권위자, 『가려워서 미치겠어요』의 저자에게 진료 예약을 해 뒀는데 아쉬운 마음이다. 물론 다시, 갑자기, 아프게 될 수도 있지만.

이런 글은 어떻게 끝내야 할지 모르겠다.

고마워요.


2023년 가을
장진영

# 추천의 글

이소(문학평론가)

'어른'이라면 누구나 자신의 주변에 선을 긋고 그 선을 넘지 않기 위해 균형을 유지하며 살아간다. 평범한 사람들이 그어 둔 경험의 한계선에는 언제나 성과 폭력이 걸려 있고, 그것을 대하는 가장 '어른스러운' 모습은 선을 보지 않고도 침범하지 않는 상태에 도달하는 것이다. 그러니 아직 어른이 되지 않은 자들은 종종 그 선을 당겨 보고 밀어 보며 선의 장력을 시험하고, 이미 어른이 된 자들은 아슬아슬한 마음으로 그 모습을 지켜본다. 짧게 줄인 교복 치마 아래 단단한 종아리를 내놓은 소녀들의 불균형한 얼굴을 바라보면 분명 내가 지나온 시절임에도 문득 불안해진다. 물론 제아무리 불온한 소녀라 해도 나이를 먹고 선을 체화하면 더는 시험을 반복하

지 않을 것이고, 그간 시험의 결과는 트라우마라는 회복 불
가능한 이름으로 새겨지거나 이따금 떠올리면 볼이 화끈거리
는 잔인한 추억으로 소화될 것이다. 그러나 어떻게 되든 그때
의 내가 무엇이었는지 도무지 의문은 풀리지 않는다.

장진영의 소설은 한때 나였던, 그러나 이미 나에게도 돌이
킬 수 없이 낯설어진 소녀 시절을 떠오르게 한다. IMF로 인
한 아버지의 실직, 학대에 가까운 부모의 무관심, 교사와 아
이들 사이에 만연한 학교폭력, 그루밍 성폭력, 친족 내 성폭
력 등등 지뢰밭 같은 폭력의 세계에서 소녀는 자기만의 대본
을 쓴다. 어차피 인과가 성립되지 않는 무질서한 세계라면 차
라리 자신을 주인공 삼아 '나쁜 대본'을 작성하는 편이 나을
테니까. 어차피 누구도 소녀의 얼굴을 들여다보지도 소녀의
말을 경청하지도 않는 세계라면 성적 착취를 위한 기만과 유
인의 몸짓이라도 '사랑'으로 치장하는 편이 달콤할 테니까. 어
쩌면 이 모든 일이 불행한 소녀에게만 생긴 일은 아닐 것이
다. 지금 이 순간 나의 소녀 시절도 이질적인 대본들 사이에
서 부유하고 표류한다. 골방에 혼자 있어도 결코 떠올리기 싫
은 '폐기된 대본', 차마 타인에게 보여 줄 순 없지만 때때로 잔
인한 취미처럼 꺼내 보는 '수정된 대본', 자기소개서에 적을 수
있을 만큼 어엿한 성장 서사로 번역된 '공적 대본'. 이 모든 것
이 내게 동시에 존재한다.

물론 그렇다 해도 소녀가 연출한 이토록 경악스러운 무대를 본 관객이라면 누구나 소녀의 언니나 판사처럼 소녀의 대본 위로 공적이고 어른스러운 대본을 덮어쓰고 싶은 유혹을 참기 어렵다. 잔혹하고 원색적인 민담의 세계보다 고난이 있더라도 극복이 약속된 성장소설의 세계가 빛날 테니까. 그러니 당신이 불쾌한 건 지극히 당연하다. 아름답지 않은 선택지 사이에서 내키지도 유쾌하지도 않은 선택을 강요당하는 일은 누구에게나 불편하다. 그러나 우리에게 교훈과 진리를 선사하길 원하는 문학이 존재하는 것처럼, 스스로 위악적인 스캔들과 비밀스러운 악몽의 자리에 머무르길 원하는 문학도 존재한다. 미성년의 대본을 미성숙하다고 '판결'하는 것은 정의롭지만 쉬운 일이고, 어떤 소설은 정의로운 길보다 더럽고 어려운 길을 선택하기도 한다. 이제 성인이 된 소녀 역시 언니의 행동이 성인으로서 타당한 선택이었음을 모르지 않을 것이다. 그럼에도 분노는 사라지지 않는다. 우리가 지나온 그때 그 시절은 먼저 성년이 된 이들의 보호가 필요한 '미성년 시절'인 동시에 다시는 돌아갈 수 없는, 다른 모든 시절과 동등한 무게를 지닌 시절이었으니. 그리고 자신의 대본이 완성되기도 전에 미성년자의 피해자 진술조서로 탈바꿈되어 버린 박탈감을 이제는 해소할 길이 영영 사라졌으니. 모든 걸 이해해도 영원히 화해할 수 없는 기억도 있는 것이다.

그러니 이 작품은 폭력에 관한 소설인 만큼이나 기억에 관한 소설이다. 삼촌의 성폭력이나 '치치림'의 유래에 대한 기억이 돌연 회귀하는 것처럼, 기억은 끊임없이 변형되고 난데없이 폭로된다. 기억은 '사물'처럼 실체로서 고정되지 않고 '비-사물'로서 불안정하게 꿈틀댄다. 분명 지금의 기억과 같은 내용을 지녔음에도 언제나 반박과 부정의 형식이자 '비-기억'으로 그 모습을 드러낸다. 만약 주체가 기억을 하는 것이 아니라 기억이 주체를 만들어 내는 것이라면, 문학은 기억이라는 실로 주체라는 그물을 직조하는 형식이 된다. 그리고 이렇게 '기억들'의 생로병사를 따라 짜인 결과물은 매끄럽지도 촘촘하지도 않을 것이다. 그러나 그 울퉁불퉁한 결과물은 추하고 성긴 외관에도 불구하고, 아니, 정확히 그런 이유로 다른 모습으로는 드러낼 수 없는 진실을 품게 된다. 누군가에게는 양분으로 변하여 소화되었을 그 검은 덩어리가 누군가에게는 오물로나마 지켜 내고 싶은 것일 수도 있다. 누군가에게는 삶이 자신이 심지 않은 잡초만 솎아 내면 되는 정원처럼 펼쳐질 때, 누군가에게는 자신이 심었다고 믿는 유일한 것이 고작 신기루였음을 알게 되는 사막일 수 있다. 이 지독하게 불공평한 진실 앞에서 소녀에게 일어난 사건에 대해 '올바른 판결'을 내리는 일은 그리 중요하지 않다. 그보다는 우리 모두에게 예외 없이 존재하는 검은 덩어리, '그때 그곳'과 '지금 이곳' 사이

의 어두운 균열을 우리가 어떻게 감당하며 살아왔는지 되짚
어 보는 일이야말로 더 중요한 일일 것이다.

# 추천의 글

강화길(소설가)

 

오래전, 치치림이 살았다. 아니, 지금도 살고 있다. 치치림은 그저 사랑받고 싶었을 뿐이다. 의미 있는 사람이 되고 싶었을 뿐이다. 살아 있다는 걸 느끼고 싶었을 뿐이다. 어린 시절, 아니, 인간은 평생 이 마음을 품고 살아가지 않는가. 그러나 누구도 치치림을 도와주지 않았다. 각자의 오늘이 너무 끔찍했기에, 다급했기에, 자신의 하루가 가장 외롭다는 생각이 들었기에 외면했고, 잊었다. 잊은 척했다. 이 소설은 어린 시절의 악몽을 다시 불러들인다. 기억하고, 이야기한다. 치치림은 집요하게 자신의 과거를 뒤쫓고, 능란하게 사실관계를 뒤집는다. 이 숲을 헤매는 동안, 나는 어찌할 바 모르는 기분에 여러 번 휩싸였다. 나 역시 어느 누구의 도움도 받지 못한 시절이 있었고, 여전히 그때의 마음을 버리지 못한 사람이니까. 그리하여 나는 치치림의 목소리에 속수무책으로 이끌렸고, 책장을 다 덮은 순간 중얼거릴 수밖에 없었다. "굉장하네."

오늘의
젊은 작가
**43**

# 치치새가 사는 숲

장진영 장편소설

1판 1쇄 펴냄  2023년 10월 20일
1판 4쇄 펴냄  2024년 12월 11일

지은이  장진영
발행인  박근섭·박상준
펴낸곳  (주)민음사

출판등록  1966. 5. 19. 제16-490호
주소  서울시 강남구 도산대로1길 62(신사동)
  강남출판문화센터 5층(06027)
대표전화  02-515-2000 | 팩시밀리  02-515-2007
홈페이지  www.minumsa.com

ISBN  978-89-374-7385-2 (04810)
ISBN  978-89-374-7300-5 (세트)

* 잘못 만들어진 책은 구입처에서 교환해 드립니다.

**당신이 소장해야 할 한국문학의 새로움, 오늘의 젊은 작가 시리즈**